*Von Zwei-, Vier-, Sechs-
und Mehrfüßlern*

Von Zwei-, Vier-, Sechs- und Mehrfüßlern

Verband Geistig Schaffender und Österreichischer Autoren

Die Deutsche Bibliothek - CIP-Einheitsaufnahme
Anthologie - Von Zwei-, Vier-, Sechs- und Mehrfüßlern
verschiedene Autoren aus dem
Verband Geistig Schaffender
und Österreichischer Autoren - Wien,
VINDOBONA VERLAG
Internationaler Literatur und Lyrik Verlag, 2005
ISBN 3-85040-065-4

Umschlaggestaltung: Erhard W. Knoll
erschienen im Vindobona Verlag International
A-1030 Wien, Kegelgasse 45
ISBN 3-85040-065-4

Zu diesem Buch

Die diesjährige Anthologie, welche der Verband Geistig Schaffender und Österreichischer Autoren herausgibt, trägt den Titel „Von Zwei-, Vier-, Sechs- und Mehrfüßlern“. Wir dachten, dass dies ein Titel wäre, worunter man vieles unterbringen könnte über Menschen und Tiere aller Art.

Die eingelangten Beiträge sind sehr verschieden und zeigen, dass manche unserer Autoren sich nicht ganz mit dem Thema vertraut gemacht haben. Zweibeiner - wie die Menschen - sind ein unerschöpfliches Potential für alle literarischen Bemerkungen - und was sie jeweils tun, wird uns kostenfrei ins Haus geliefert. Auch die anderen Füßler geben genug Material für allerlei Berichte und Betrachtungen

Schreiben ist ein menschliches Bedürfnis, das nicht nur helfen kann, manches im Gedächtnis festzulegen, sondern bedeutet auch eine Art Befreiung oder Selbstbestätigung. Es kommt dabei oft weniger auf die Präzision an, das gegebene Thema anzunehmen, als darauf, sich etwas vom Herzen zu schreiben, das man festhalten, aber damit auch beenden will. Und so fühlt eben jeder Mensch, seine Aussage, seine Mitteilung gerade so richtig und wichtig.

Wir hoffen, dass dieser Band bei unseren Lesern eine gute Aufnahme findet und nicht zerkrittelt wird, sondern so betrachtet, wie die Beiträge geschrieben sind - aus dem Herzen, als Brücke von Dir zu mir!

Danken muss ich unseren Lektoren für die Arbeit, welche sie alle wieder ehrenamtlich auf sich genommen haben, vor allem aber unserem nun seit Jahren bewährten Umschlag-Gestalter, Herrn Erhard W. KNOLL.

Und nun wünschen wir allen darin vorkommenden Zwei-, Vier-, Sechs- und Mehrfüßlern einen guten Weg zu unseren Lesern!

Ihre
Prof. Lucy Ludikar
Präsidentin des Verbandes Geistig Schaffender
und Österreichischer Autoren

Wien, November 2005

Der Panther
Rainer Maria Rilke
(1875 - 1926)

Sein Blick ist vom Vorübergehn der Stäbe
so müd geworden, dass er nichts mehr hält.
Ihm ist, als ob es tausend Stäbe gäbe
und hinter tausend Stäben keine Welt.

Der weiche Gang geschmeidig starker Schritte,
der sich im allerkleinsten Kreise dreht,
ist wie ein Tanz von Kraft um eine Mitte,
in der betäubt ein großer Wille steht.

Nur manchmal schiebt der Vorhang der Pupille
sich lautlos auf -. Dann geht ein Bild hinein,
geht durch der Glieder angespannte Stille -
und hört im Herzen auf zu sein.

Dies Gedicht eines großen, österreichischen Dichters ist so tief empfunden und geht so sehr zu Herzen, dass wir dachten, es sage alles aus über die Qual der Kreatur ....

AUTORENVERZEICHNIS

	Seite
Allerbauer Hans, Wien	7
Bauer Hans, Wien	11
Chovanec Elisabeth, Wien	15
Damköhler Friedrich, Ziersdorf	16
Danko Franz, Seekirchen	20
Edelsfeld Helga, Salzburg	24
Ederer Gerty, Wien	27
Fida Rosa, Wien	33
Forss Gun Margret, Esternberg	37
Glassner Gerd, Salzburg	38
Gray Nora, Wien	44
Gusmits Wally, Wien	46
Hahnenkamp Evelyn A., Wien	48
Heinrich Bernhard, Wien	51
Hillebrand Gerda, Irenental	55
Jelem Edeltraud, Wien	57
Junge-Zimmer, Zlata, Wien	60
Jurasek Christine, Hallein	64
Jurtschitsch-Reisinger Mathilde, Graz	67
Kainz Elisabeth, Wien	68
Karl Rudolf Viktor, Wien	71
Karner Ernst, Wien	74
Karner Ingrid, Wien	78
Karner Irmhild, Mürzzuschlag	81
Kienmandl Rosemarie, Wien	85
Kirner Alice, Eisenstadt	88
Kittelmann Eva Maria, Wien	92
Knoll Erhard W., Wien	94
Knoll Helmfried, Wien	96
Ludikar Lucy, Baden	98
Maier Hans-Joachim, Grödig	102

Moeckel Charles Ernst, Wien	105
Müller-Binder-Zisch Auguste, Wien	107
Pollerus Gertrude, Wien	109
Rauter Walpurga, Ostermiething	112
Rest-Hanel Eleonora, Klosterneuburg	115
Ruprich Lieselotte, Wien	121
Ruprich Wilhelm, Wien	121
Swoboda Gunther, Wien	122
Schöffl-Pöll Elisabeth, Hollabrunn	125
Thiel Elfriede, Wien	128
Vogelsang Edgar, Salzburg	131
Weihs-Zuccato Elfriede, Wien	136

Hans Allerbauer

Blabla über Füße

Der Bub war erst vier Jahre alt
und noch kein Riese von Gestalt,
doch zeigte dieser kleine Mann,
was er schon alles machen kann.

Der Kurti macht gern alles nach:
Bemerkt er einen Storch am Dach,
wie könnte es auch anders sein,
auch e r zieht einen Fuß gleich ein.

Die Mutti stürzt herbei und spricht:
„Kurt, du verlierst das Gleichgewicht,
ein Storch nur steht auf e i n e m Bein: -
der Mensch wird nie ein Vogel sein!“

Der Spitzbub antwortet und lacht:
„Mich hat doch auch ein Storch gebracht,
nur aus Erfahrung - sicherlich -
kann das ein Storch, weshalb nicht i c h !“

Die Mutter klärt das Söhnchen auf
und gibt ihm hinten eine drauf:
„Mein liebes Söhnchen merke dir,
wir Menschen sind zum Glück kein Tier!“

„Au weh“, schreit Kurt, „du hast schon recht:
Auf einem Bein steht man sehr schlecht,
ein Storch tut sich beim Stehen schwer,
die andern Tiere haben mehr.“

„Die Pferde“, fügt der Bub hinzu,
„haben vier Füße, auch die Kuh,
sind sie schon groß oder noch klein. -
Ein Wurm hat überhaupt kein Bein.“

Die Mutter sagt drauf mit Humor:
„Es kommen Tausendfüßler vor,
so große Zahl fällt nur zur Last,
bock nicht, dass du z w e i Füße hast!“

Hans Bauer

Tierische Vergleiche

Hast oftmals du dein Hemd nicht rein,
hält man dir vor: „Du bist ein Schwein!“
Man nennt dich aus gegebnem Grund
ob deiner Tollheit einen Hund.
Bei deines Wohlstands stetem Wuchs
giltst du schlechthin als „schlauer Fuchs“.
Bist du durch’s Blumenbeet gerannt,
schimpft deine Frau dich: „Elefant!“.
Lachst du als Mann gern Frauen an,
bist du ein „geiler Gockelhahn“.
Schreist du sehr laut beim Spiel als Sieger,
heißt’s gleich: „Ach brüll nicht wie ein Tiger!“
Du stellst dich selbstbewusst zur Schau
und wirst verulkt als „stolzer Pfau“.
Kannst unklug du dein Ziel nicht schaffen,
verhöhnt man dich als „blöden Affen“.
Stoppst du des Chefs gesprochnen Satz,
bist du für ihn ein „frecher Spatz“.
Tappst du herum rings ohne Ruh,
so hüpfst du wie ein Känguruh.
Verletzt du kühn den Stolz des Manns,
schilt er als Frau dich: „Dumme Gans!“.
Das zeigt, dass manch Charaktergaben
oft Mensch und Tier gemeinsam haben
und dass sich Tiere menschlich geben,
doch Menschen manchmal tierisch leben.
Beachte stets mit Feingespür,
dass du ein Mensch bist und kein Tier,
gib’s auch den andern zu erkennen,
damit sie dich nicht tierisch nennen.
V e r h i n d r e , dass ganz unbekriegt
das Tierische in dir obsiegt!

Hund und Leine

Es gibt oft Ärger mit den Hunden!
Nicht nur, weil sie, der Lein' entwunden,
gehorchen nicht dem Herrn (der Frau),
sie machen auch sehr oft Radau.
Wenn da ein Hund - instinktzerflossen -
wild anfällt einen Artgenossen,
dabei auch einen Wegpassanten
umwirft im Lauf an den Hydranten,
sodass nicht fliegen nur die Fetzen,
auch Mensch und Hund sich arg verletzen,
so fragt man bei des Vorfalls Schwere:
Wer ist nun schuld an der Misere?
Der wilde, ungestüme Hund,
der anstürmt mit gespreiztem Mund?
Der Fremde, den der Hund, der große,
umwarf brutal gleich in die Gosse?
Der Hundehalter, dem das Tier,
entfloh mit drängendem Gespür?
Man muss den Hund, wie's ist bei Tieren,
auf alle Fälle exkulpieren.
Den Fremden muss man auch entlasten,
ihm gilt die Gunst des Nichtgefassten.
Der Hundehalter kennt den Trick:
Die Leine hält den Hund zurück.
Lässt er die Leine einmal los,
ist e r schuld an des Hunds Verstoß!
Es zeigt sich also: Wenn ein Hund
wen schädigt aus tiereig'nem Grund
ist schuld der Mensch, dem er gehört,
weil dieser Mensch ihm's nicht verwehrt.
Drum Hundefreunde, bleibt verbunden
durch straffe Leinen mit den Hunden,
damit sie niemals euch entgleiten
und unnütz Kummer euch bereiten!

Von oben herab

Ein Parkplatz, wo bequem man's hat,
ist schwer zu finden in der Stadt,
drum muss man eben jeden nehmen,
der frei ist, auch den unbequemen.
Ich hatt' nach Drehen vieler Runden
nun endlich einen Platz gefunden.
Er lag grad unter einem Baum,
wo in der Zweige weitem Raum
die Kräh'n und Tauben kropfsatt hockten,
eh Futterquell'n sie abwärts lockten.
Und als nach Stunden ich kam wieder,
durchzuckt ein Bannstrahl meine Glieder:
Mein Auto, das geduldig stand,
war mir auf einmal unbekannt:
Auf Dach und Fenstern, Motorhauben
klebt dick der Kot von Kräh'n und Tauben
so dicht und hart, dass jedes Putzen
nicht brachte irgendeinen Nutzen.
'S sah aus wie ein verschmierter Drachen!
Sollt ich jetzt weinen oder lachen?
Dann kam von oben die Attacke:
Ein Schwatzer klatscht auf meine Jacke,
zerrann zu Flecken, gar nicht kleinen,
da war mir eher doch zum Weinen!

Schmetterling und Jüngling

Der Schmetterling fliegt altbekannt
von Blum zu Blum im Farbgewand
und jeder wird's natürlich finden.
Doch können wir es schwer verwinden,
wenn da ein Jüngling frech und schlau
das Flattern übt von Frau zu Frau.

Mein Körper und die Ameisen

Der Ameisen geschäft'ger Lauf
fällt mir im Wald erfreulich auf,
wenn mir sie übern Körper rennen,
spür auf der Haut ich bald ein Brennen.
Und dies Gefühl, konstant empfunden
bei jeder ihrer Körperrunden,
nehm allzu lang ich nicht in Kauf,
es regt mich unbezwingbar auf.
Daher sind Ameisen beim Laufen
bewundernswert auf ihrem Haufen,
doch wenn sie meine Haut berühren,
muss instinktiv ich Abscheu spüren.

Elisabeth Chovanec

Gut gebaut

Er ist nicht sehr groß, ist schlank, hat schwarze, gelockte Haare und braune Augen. Hoch erhobenen Hauptes geht er stolz auf der Uferpromenade spazieren. Nach rechts und links sieht er, und auch geradeaus, um das Treiben ringsherum zu beobachten. Die Leute bewundern ihn beim Vorübergehen. Für ihn ist das selbstverständlich. Es stört ihn auch die laute Unterhaltung der Vorbeigehenden nicht. Von Interesse ist nur das Geschehen rund um ihn. Hübsche Damen kommen ihm entgegen, er beachtet sie nicht, dreht den Kopf zur Seite und geht weiter. Der leichte Hüftschwung und der hochgehaltene Kopf verleihen ihm eine besondere Ausstrahlung. Dieser Wirkung ist er sich voll bewusst und er kostet jede Minute aus.

Da kommt ein großer, kräftiger Artgenosse auf ihn zu. Mit dem Kleinen will der sich messen, denn bei dem kann er nicht unterliegen. Seine Kraft ist stärker, und er braucht das Gefühl immer gesiegt zu haben. Seinen Ruf als Unbesiegbarer muss er wahren. Also fordert er den Kleinen heraus: Trau dich, oder bist du feige? Raufe mit mir, komm!

Aber der Kleine geht weiter und übersieht und überhört den Anderen. Der Große stellt sich dem Kleinen in den Weg: Zeig was du kannst, komm, na komm endlich.

Warum soll ich mich mit dir messen? fragt der Kleine und zieht seinen Kopf zwischen die Schultern. Langsam kriecht auch die Angst in dem Kleinen hoch.

Der Große hüpft boshaft vor dem Kleinen hin und her. Schleicht schließlich um ihn herum, den Blick lauernd auf sein Opfer gerichtet.

Du bist unfair. Damit versucht der Kleine sich zu retten.

Der Große stupst und boxt ihn und beginnt ihn zu beißen.

Das ist dem kleinen Hund zuviel, er bellt laut und böse den großen Hund an, damit er ihn endlich in Ruhe lässt. Auch stellt er drohend seinen Schwanz auf.

Enttäuscht wendet sich der große Hund ab und trottet davon.

Friedrich Damköhler

Die Stadtplatzhähne

Sie erscheinen früh am Morgen, mit stolzem Schritt in Reih und Glied, blasiert und stadtbekannt. Forsch, geputzt und aufgekratzt, nach allen Seiten blickend, lächelnd grüßend, winkend, die graumelierten Herren, von vielen auch die „Stadtplatzhähne!“ genannt.

An zentraler Stelle des Platzes beziehen sie ihre Stellung, dort, wo man den besten Überblick hat und den die meisten Damen beim täglichen Einkauf passieren müssen.

Nach Erkundung der Lage und Austausch aller Neuigkeiten, beginnt die „späte Balz“, das Spiel der reifen Herren.

Oh Damen, nehmt euch nun in Acht, dieser Eleganz und diesem Charme ist kaum zu widerstehen. Ein Lächeln, Tiefblick, Kompliment, das alles wärmt gar schnell ein kaltes Herz und es tut gut, wenn man vernimmt, was man zu Hause lang nicht mehr gehört hat, denn dort spricht man schon lange nicht mehr die gleiche Sprache.

Mein Gott, wie sie hier stehen, so richtig Mann von Welt. Es geht schon an den Magen, wenn man daran denkt, was man so selbst sein Eigen nennt.

Da wirft man hin, da wirft man her, die Blicke aus der tiefsten Lade, und schnurrt und gurrt, als schmore man in jugendlichem Saft. Ein Tuscheln dann von Mann zu Mann: „Sieh die! … Na die! Nun vielleicht … es war schon alles da!“

„Und die, ich glaube, ich habe sie gerade lächeln gesehen!“

„Und wer ist dieses junge Ding, das eben grad vorüberging?“

„Sie ist neu, doch wage ich zu sagen, sie ist gerade leicht errötet als ich sie gegrüßt!“

„Mein Gott, man müsste doch einmal … na ja, man hat ja doch noch Stärken …!“

Und lange geht nun fort das Spiel, so lang, bis dass die Turmuhr mahnt: Die Mittagszeit ist angebrochen und Eile ist nun angesagt, sonst ist der Tag für heut verloren ...

Man grüßt und eilt zu „Mutters Herd“.

Kaum hat man die erste Kurve hinter sich, beginnt „Mann“ sich zu verändern. Manche Bäuche werden kugelrund, die Brust beginnt zu sinken, man hinkt und latscht die Straße lang und der Atem pfeift den Takt.

Zu Haus bei „Muttern“ dann ein grimmig, leidendes Gesicht und erschöpft erstattet man Bericht: „Hallo mein Schatz, da bin ich wieder. Ich habe auf dem Weg ein paar Freunde getroffen! … Es gibt nichts Neues in der Stadt und gesehen hab ich nur das tägliche Volk, das sich eilig zum Greißler tummelt. Du weißt schon die und der und den … und dem Huber ist der Hund verreckt! Der Köter hat von Weitem schon gestunken. … Ich hab auch nicht die Medizin vergessen, die du für deine Migräne brauchst. Die Apotheke war randvoll, so musste ich mich lange darum anstellen! … Du glaubst gar nicht, wer heut zu Tage schon aller krank ist! … Mein Gott, auch mir geht es heut nicht recht, bin heilfroh wieder bei dir zu Haus zu sein! … Mein Kreuz schmerzt und mein Atem! … Du, und der Hermann hat mich gebeten, er will mich morgen am Vormittag am Hauptplatz treffen, nur ganz kurz, ich hab es ihm versprochen, du weißt ja! … Obwohl ich morgen wirklich lieber bei dir daheim bleiben würde!“

Der Rassehund

Er ist ein Rassehund.

Von edlem Wurf, aus feinem Zwinger, trägt er den Namen eines Grafen von …

An Gehorsam ist ihm keiner gleich, kein Ruf geht da verloren, der Wunsch des Herrn ist ihm Befehl!

Man ist beglückt und darf auch prahlen, Trophäen reihen sich im Schrank und Lob ist ihm die größte Freude.

Sein Futter ist halt nach Diät, auch gibt’s bei Regen kein Erbarmen, und eine läufig Hündin erschnuppert er auch nur im Traum.

Doch der Entbehrung Lohn: „Man ist halt Hund der allerersten Klasse!“

Nun grinst der Kater auf der Ofenbank …

Morgenkonzert

Zwei Spatzen sitzen auf eines Daches Rinne,
einer Loge, zum Konzert der hundert Tenöre,
die stolz posieren im bunten Hochzeitskleid,
auf dass sie eine rauschige Henne erhöre.

Ein erster Sonnenstrahl zeigt an
den Einsatz, zur Balz gefiederter Freier,
es erzittert die Luft im Jubelschrei,
himmlischer Chor, zur Hochzeitsfeier.

Es erklingt die Hymne zum Freudentag,
Fanfaren zur lockenden Sonne,
ein festlich Gesang, ersehntes Glück,
ein Lied auf gefiederte Wonne.

Es klingt viel Herz, viel Liebe durchs Land,
Schwüre von Treue und „ewig nur Du“ -
und die Spatzen auf des Daches Rinne? -
drängen immer näher, einander zu.

Zum Welttierschutztag 2001

Zwei Wochen war der Kater fort,
verschollen im kalten Nebel des jungen Frühlings,
Tage und Nächte der Suche, des Hoffens und Bangens.
Nun stand er vor der Tür,
abgemagert, zerzaust, dreckig und zerschunden.
Sein überglückliches Frauerl nahm ihn zu sich hoch,
Liebe, Mitleid und Fürsorge war in ihr.
Sie sah in seine Augen und sah sie leiden,
nur, um sein Mäulchen zuckte es merkwürdig,
es war wie ein schelmisches Lächeln …!
Das Lächeln des Frühlings!

Die Spinne

Sie thront in prächtigem Geweb,
ein riesig Rad aus zartest feinen Fäden,
die Spinne, mit dem Zeichen des Erlösers,
dem Kreuz, auf ihrem schwarzen Rücken.
Tauperlen, Diamanten gleich
im goldenen Glanz der Abendsonne,
gefädelt zu prächtigem Geschmeide,
so lockt die Königin lauernd Beute.
Sanft wiegt der Wind dies Wunder,
ganz sanft, zum Gesang der Blätter,
welch berauschender Traum …
Arme kleine Mücke,
deine Sehnsucht war zu groß.

Franz Danko

Hyänen abseits der Serengeti

Die Hyänen der Großstadt versammelten sich vor dem Einkaufszentrum. Ihr Ziel war die Fleischabteilung des neuen Supermarktes. Faschiertes, Schlachtabfälle und Lammkoteletts in Hülle und Fülle, einer musste dran glauben. Sie stürmten zu fünft in den Laden hinein, vorbei am Filialleiter und ran an die Theke. Eine Hyäne sprang dem Fleischfachverkäufer auf die Brust, um jede Gegenwehr im Keim zu ersticken. Die anderen waren mit den geplünderten Waren bereits auf dem Weg nach draußen. Als das Raubtier von seinem Opfer ablassen wollte, um der Beute zu folgen, hörte es das Klicken von zahlreichen Revolvern. Ein Blick in die Augen der Wachmänner ließ es langsam zurückweichen. Eine Stimme erreichte sein Ohr „Lefzen zur Wand und Vorderläufe in die Höhe!“ Die Hyäne begann irrsinnig zu lachen und setzte zum Sprung an. Metall durchwanderte Fleisch - der Augenblick des Todes löste Jahre des Lebens ab.

Dialog zweier Schweine

Du Schwein!
    - Selber Schwein!
An deiner Stelle würde ich den Rüssel halten!
    - Meinen Rüssel? Du Sau!

* * *

Der Schwan schwamm, ihm schwante nichts Böses
ein Pfeil traf ins Schwanzende
verschwand - Schwan Ende
Schwamm drüber
Schwan

* * *

Am Viehmarkt

8 Stiere
12 Gänse
3 Hunde
Nur Gesunde!

10 Schweine
5 Pferde
6 Tauben
Kaum zu glauben!

1 Esel
4 Enten
20 Schafe
Lauter Brave!

2 Katzen
7 Hühner
13 Rinder
Menschenskinder!

Mittendrin 5 Bauern,
die darauf lauern,
alles zu kaufen,
den Rest zu versaufen,
feilschen und schrei'n:
Für heit loß ma's sein

* * *

Nanu, Sie kennen Klaus noch nicht?

Motiviert bis an die Spitzen,
siehst du ihn am Spielrand sitzen,

packt aus den Schläger und die Bälle,
wird nervös, läuft auf der Stelle.

Kaum kommt der Gegner auf den Platz,
gewinnt er schon den ersten Satz.

Rennt vor ans Netz, dann gleich zurück,
spult Kilometer - Stück für Stück.

Er ist außer Rand und Band,
spielt noch mit gebrochn'er Hand.

Triumphgeschrei tönt her vom Klaus -
du bist frustriert - das Spiel ist aus.

Selbst den Sprint in die Kabine,
meistert er mit Brillantine.

Das Wasserwerk, es schlägt Alarm,
denn er duscht lange und auch warm.

* * *

Ein Jäger aus Graz steht im Schnee
legt an mit der Büchs auf ein Reh
die Sonne strahlt auf die Flocken
das Reh, es bleibt hocken
und denkt sich - mei is des scheh!

* * *

Heuschrecken necken
klitzekleine Heuschrecken
Kinderheuschrecken
Babyheuschrecken
die die Welt neu entdecken

* * *

Vogel lässt Federn
Jäger sieht Eierschalen
Lauf fetter Iltis

* * *

Das Messer rostig
Altersfleck würgt Krokodil
Tarzan wird neunzig.

* * *

Maus spuckt Katze an
Gazelle springt auf Löwe
Alltag bei Noah

* * *

Oktopussalat
Mehr Arme am Teller, als am Besteck.

* * *

Helga Edelsfeld

Vermächtnis meiner Eltern

Mutter

Deine Liebe
und grenzenlose Zuwendung
ist festgeschrieben
in meinem Herzen.
Rosen für die Ewigkeit.

Vater

Vertrauensvoll in deinen starken Arm geschmiegt,
eingewoben in Liebe und Geborgenheit
erfuhr ich glückliche Kindertage.
Kostbares Geschenk
und sicheres Fundament meines Lebens.

Ein ruhiger Mieter

Sein Name war Hans-Dieter,
ein ruhiger unauffälliger Mieter.
Er wohnte auf Haus Nummer Sieben.
Niemand fragte einst, wo er geblieben.
Irgendwann hat man ihn gefunden,
er war tot, bereits viele Stunden.
Gestorben an gebrochenem Herzen -
er klagte nie über Schmerzen -
erfroren an der Kälte und Einsamkeit
in dieser so abgestumpften, gleichgültigen Zeit.

Der Dichter

D enkender und
I ntellektueller meist
C harismatischer Mensch
H eiterer romantischer
T räumer oder
E igenwilliger Texter
R eimer und Geschichtenerzähler

Seelenverwandtschaft

Auf Samtpfoten kommst du gelaufen.
Schwarz wie die Nacht.
Ein wenig scheu und distanziert
suchst du doch immer wieder meine Nähe.
Schaust mich aus smaragdgrünen Augen wissend an.
Spürst genau, wenn ich dich brauche.
Legst deine Pfote in meine Hand,
du Treue, Seelenverwandte.

Egoist

Ein Mensch, der stets vergisst,
dass außer dem „Ich“ auch das „Du“ groß zu schreiben ist.

* * *

Schicksalsbegegnung

Manchmal denke ich wieder daran,
dann sehen mich diese traurigen Augen an.
Es liegt schon eine Weile zurück -
ich ging spazieren, ein kleines Stück -

da fand ich einen verletzten Hund,
leidgeprüft, seine Seele wund,
festgebunden an einem Baum,
ausgesetzt auf engstem Raum.

Weggeworfen, wie ein Stück Papier,
halb verhungert war das arme Tier.
Der kleine Hund hat mein Herz berührt,

das Schicksal hat uns zusammengeführt.
Ich habe ihm den Namen „Destino“ gegeben.
Er gehört nun für immer zu meinem Leben.

* * *

Fehlende Liebe,
amputierte Gefühle.
Armes Straßenkind.

* * *

Fridolin, der Mäuserich,
sah die Katze und entwich.
Doch diese war ihm auf der Spur
in einem Park in Winterthur.
Ein Tatzenhieb und er verblich.

Gerty Ederer

Die Kletter-Oma und Sindy, die durchdreht

Lukas, Lisa, Matthias und Katrin verabschieden sich von der Oma nach einem gelungenen gemeinsamen Nachmittag. Oma winkt ihnen noch nach, und als sie die Aufzugstüre schließen will, ruft Lukas: „Zwick Sindy nicht den Schwanz ein, Oma!"

„Natürlich gebe ich auf Sindys Schwanz Acht!" lacht Oma und streichelt über das seidige schwarze Fell der Hündin. Dann sind sie alle fort, mit ihnen auch jeder Lärm und jede Aufregung. Aber die Wohnung lebt noch: von zurückgelassenen Kaugummis, die an Omas Hausschuhen kleben bleiben, den bunten Luftballons, die von der Decke herabkichern, den Spielsachen, die in allen Räumen der Wohnung verstreut herumliegen und sich breit machen.

Wie jedes Mal, nach dem Besuch der Enkelkinder, macht Oma einen kurzen Luftsprung auf den Balkon, hängt sich so auf das gelbe Balkongeländer, dass ihre Füße entspannt hinunterbaumeln können, während sie tief Luft holt und durchatmet, um den vorangegangenen Wirbel wieder loszulassen.

Wie gut es ist, einen Balkon im siebenten Stock zu haben! Hoch, luftig und windig ist es hier oben, und Oma kann über die ganze Stadt sehen. Weit unten sieht sie jetzt ganz klein Sindy in der Wiese herumlaufen, dahin und dorthin, um ihr Geschäftchen zu erledigen, während die Enkelkinder schon zu ihrem bunten Kinder-Hunde-Auto marschieren. Voll Freude erinnert sich Oma noch an jenen Tag, an dem sie den Vieren das Auto geschenkt hat, und wie sie es dann alle zusammen so bunt bemalt haben.

„Keiner in der ganzen Stadt fährt so ein tolles Kinder-Hunde-Auto wie meine Enkelkinder!" sagt sie noch immer stolz. Ausgelüftet und mit neuen Energien kehrt Kletter-Oma wieder an die Arbeit zurück, um in dieses Enkelkinder-Hunde-Chaos Ordnung zu bringen. Wie macht das nur Harry Potter? Schnell ein paar Zaubersprüche her. Oma sucht im Lexikon ihrer Gehirnwindungen nach einem geeigneten Wortsalat, holt aus der Küchenlade ihren Zauberkochlöffel und hext:

„Hexe fexe urbexe,
Baustein schlichten je sexe,
Hexe fexe urbeine,
Ringe schnell an die Leine,
hexe fexe ulluppen,
in den Kasten die Puppen,
hexi quexi fexolein,
Ordnung soll jetzt ringsum sein."

Sie kann erleichtert aufatmen. Geordnet lacht Oma die Wohnung aus allen Ecken an. Doch schon eine lange Weile klingelt im Vorzimmer das Telefon wie verrückt, und weil sie nicht abhebt, hüpft es gleich wie ein wild gewordener Gaul über das Vorzimmerschränkchen zu ihr hin.

„Na, beruhig dich!" lacht sie. „Wer hat hier keine Zeit zu warten?" Kletter-Oma hebt den Hörer ab und hört deutlich am anderen Ende der Leitung Lukas, Lisa, Matthias und Katrin weinen. Bevor Oma noch etwas sagen kann, meldet sich Enkel Lukas: „Kletter-Oma, bitte, klettere schnell vors Haus! Wir haben Sindy dort vergessen!"

„Mein Gott!" Ein Schreckensschrei ist die Antwort. Oma läuft zuerst zum Lift, aber wie immer, wenn man in Nöten ist: Der Aufzug ist besetzt. Oma kann zwar ihre Beine vom Balkon hängen lassen, aber Stiegen steigen kann sie nicht mehr. Was bleibt Kletter-Oma da wohl anderes übrig, als auf den Balkon zu stürzen, zum unteren Balkon zu klettern und sich jeweils von einem Balkon zum darunter liegenden weiterzuhandeln, bis sie unten auf der Straße landet. Umsonst ist sie nicht als Kletter-Oma bekannt! Sie fühlt sich fit und stark wie Pippi Langstrumpf! Oma klettert und klettert, als ob sie von Natur aus eine Kletterpflanze wäre. „Was alles in meinen Kräften steckt, auch wenn ich schon Oma bin!"

Sindy ist in ihrer schwarzen Farbe nicht zu übersehen. Die Hauptstraße hin- und hergaloppierend, auf jedes Auto aufspringend, fährt Sindy auf den Dächern der Autos einmal die Hauptstraße nach vor und dann wieder zurück, blickt von oben herab in jedes Auto, ob nicht irgendwo die Kinder versteckt wären.

Eine Menschenansammlung hat sich inzwischen eingefunden und beobachtet interessiert dieses seltsame Schauspiel: Aggressive Autofahrer, die Sindy einfangen wollen - andere, die mit Stöcken versuchen, auf sie einzuschlagen - und dann Sindy, die geschickt allen Angriffen ausweicht, um jeweils auf dem Dach des nächsten, gerade vorüber fahrenden Autos zu landen.

In Panik ruft Kletter-Oma: „Sindy! Sindy!“ Sindy blickt auf, erkennt Oma, springt zu ihr hin, doch in ihrer Aufregung lässt sie es nicht zu, länger bei ihr zu bleiben. Die Angst ist zu groß, die geliebten Kinder zu verlieren, weiß sie nur zu gut, wie es ist, wieder ins Tierheim gebracht zu werden. Nein, dorthin will sie nie, nie mehr zurückkehren.

„Du lieber Himmel, steh mir bei! Kein Maulkorb! Keine Leine! Wie soll das nur gut gehen?“ Schweißperlen stehen auf Omas Stirn. Schon fliegt Sindy erneut auf einen blauen Citroën und sitzt oben wie eine Statue. Inzwischen ist auch schon die Polizeistreife eingelangt. Energische Polizisten versuchen ihr Glück, Sindy Herr zu werden. Kletter-Oma bangt um Sindy und schickt ein Stoßgebet zum Himmel. Schließlich hat sie Sindy ja wirklich lieb. Doch Oma kann beruhigt sein, Sindy ist allen Angriffen überlegen, es scheint unmöglich, sie jemals einzufangen. Gerade ist mit lautem Trara die Feuerwehr in der Hauptstraße eingetroffen, doch auch die Feuerwehrmänner müssen nach einiger Zeit ihre ernstlichen Bemühungen wieder einstellen. Jetzt aber wird Kletter-Oma aktiv: Energisch stellt sie sich mitten auf die Straße und befiehlt laut: „Platz! Sindy, Platz!“ Es ist ihr eingefallen, dass Sindy ja in Abrichtung gewesen ist! Oma zeigt mit ihrem Zeigefinger auf den Gehweg, auf dem sie Sindy gern haben möchte und siehe, ihr Zeigefinger beginnt zu wachsen, wird länger und länger. Sindy geht wie gebannt dem Zeigefinger nach, legt sich auf den Gehweg und blickt Oma erwartungsvoll an.

„Brav“, lobt sie Oma, und schon ist ihr Zeigefinger wieder zur Normalgröße geschrumpft. Mit Staunen sehen die Feuerwehrmänner und die Polizei zu. Wie einfach doch alles sein kann! Oma fällt gerade ein, dass ihre Enkelkinder bei Sindy eine besondere Technik anwenden, wenn sie fortgehen und Sindy allein lassen wollen. Es gibt da so ein Zauberwort: „Einkaufen!“ Warum ist ihr das nicht gleich eingefallen? Das Wort ist wie Erlösung für Sindy, hier verliert sie die Angst, bleibt in Warteposition, denn sie weiß, dass die Kinder wieder zurückkommen.

Oma beginnt mit diesem Experiment: „Sindy! Hör mir jetzt gut zu: Sie sind nur einkaufen, einkaufeneinkaufeneinkaufeneinkaufeneinkaufen einkaufeneinkaufen ...“ Wie eine Schallplatte wiederholt sie immer wieder die gleichen Worte, und plötzlich - sie braucht es gar nicht mehr zu tun - machen sich ihre Sprechwerkzeuge selbständig, die Worte schallen unentwegt aus ihrem Mund: Oma hat sich programmiert wie ein Computer!

„Wie einfach“, lächelt sie. Aber nicht nur Oma lächelt, auch die Menschen rund um sie herum beginnen über diese seltsamen Dinge zu lächeln. Die Autofahrer beruhigen sich langsam, nachdem sie ihre Autodächer begutachtet und nach Kratzern untersucht haben.

Am Himmel ertönt lautes Getöse. Ein Minihubschrauber landet vor Sindy, heraus springen Lukas, Lisa, Matthias, Katrin. Alle vier schließen Sindy in ihre Arme. Ein Tränenstrom der Freude fließt auf allen Seiten, und die durchgestandene Angst ist überwunden. Sindy bellt jedes Kind zuerst einmal kräftig aus, denn sogar Hunde wissen, wann es angebracht ist, die eigene Familie auszuschimpfen.

Oma winkt den Kindern, als sie mit Sindy wieder abfliegen. Und da sie schon so geübt ist, klettert sie die vielen Balkone wieder hinauf, zurück in ihre kleine Wohnung. „Das ist noch einmal gut gegangen“, lächelt sie. „Bis zum nächsten Mal!“

Der Frosch und die Ratte

Ein Frosch hüpfte fröhlich um einen Teich. Da erblickte ihn eine Ratte, lief hinter ihm her und wollte ihn fangen.

„Hilfe! Hilfe! Quak, quak“, quakte der Frosch so laut er konnte. Bald kamen ihm von allen Seiten die Tiere zu Hilfe. Die Ratte musste ihr Vorhaben aufgeben, und der Frosch wurde gerettet.

„Quak! Ein Glück ist es, laut quaken zu können“, quakte glücklich der Frosch und bedankte sich bei den Tieren. Manchmal ist es wirklich notwendig, laut um Hilfe zu rufen, bevor man zugrunde geht.

Die Eidechse und die Gans

Eine Eidechse schlängelte sich des Weges, da begegnete ihr eine laut schnatternde, weiße Gans: „So einen langen Hals wie ich müsstest du haben! Und so gut wie ich schnattern können!"

Die Eidechse bewunderte die schneeweiße Gans und nickte. Die Gans fühlte sich geschmeichelt und schnatterte lustig drauflos. Irgendwie wurde die Eidechse dabei doch traurig, dass sie nicht schnattern konnte. Nur stumm war sie erschaffen worden. Aufgrund des lauten Geschnatters wurde ein Fuchs aufmerksam, sprang aus dem Gebüsch heraus, schnappte die Gans und lief mit ihr fort.

Die Eidechse aber verschwand eilends in einem Erdloch und erfreute sich weiter ihres Lebens. - Es scheint doch nicht immer erstrebenswert so laut schnattern zu können!

Die Maus und die Qualle

Im Meer schwamm eine Qualle. Entlang des Sandstrandes krabbelte ein Mäuschen.

„Du bist nur ein kleines, graues Mäuschen, ein Nichts", blubberte die Qualle zu der Maus hin, „sieh nur, wie gut ich schwimmen kann!"

„Besser grau, als ohne festen Körper, so schwabbelig wie du", piepste mutig das kleine, graue Mäuschen und lief davon.

Die nächste Welle aber schwemmte die Qualle in den Sand am Strand und all ihre Schwimmkünste waren dahin.

He Spatz

He Spatz, du Kleiner hier,
auch wenn ich dich verjag,
kommst wieder her zu mir
an jedem neuen Tag.

Du tschilpst stets neu für mich,
auch wenn's mir nicht gefällt,
glaubst felsenfest an dich,
bist wichtig auf der Welt.

So viel kannst du mich lehren,
könnt zuseh'n Tag und Nacht,
gar frech kannst du dich wehren,
zeigst mir, wie man es macht.

Bei dir ist's federleicht!
„Wie" leben, zeigst du mir.
Vertrauen, Mut erreicht
mich - Spatz, ich danke dir.

Rosa Fida

Unser Hund

Wir hatten einmal einen Hund,
er hatte ein ganz weißes Fell und war kugelrund.

Wir mussten ihn kastei'n,
das war für ihn nicht so fein.

Er war mehr ein Schoß- als ein Kettenhund.
Beim Herumtollen war er immer mit im Bund.

Er liebte Süßigkeiten und wog 70 Pfund,
verstand jedes Wort, das ist das Angenehme bei einem Hund.

Er gibt keine Antwort, redet nicht zurück,
was für ein Glück.

Wenn ihn was freut, wedelt er mit dem Schwanz
und führt auf einen wahren Freudentanz.

Ist sein Fressnapf voll,
fühlt er sich wohl,

ist zahm wie ein Lamm, treu sowieso,
und das freut uns Menschen so.

Eines Tages lief er hinaus,
kam nie mehr nach Haus.

Es hieß, Hundefänger waren unterwegs.
Wir trauerten lange. Jetzt haben wir einen Rex.

Zu den vierbeinigen Tieren gehören auch die Katzen

(Mein Lieblingstier ist eine Katze)

Sie ist weich und warm,
hält man sie im Arm.

Sie ist dankbar, wenn man sie streichelt
oder ihr Milch bereitstellt.

Oft kuschelt sie sich zu mir ins Bett,
das finde ich so nett,

auch wenn sie um meine Füße sich schmeichelt
und mit ihrem Fell mich streichelt,

vor Vergnügen schnurrt auf meinem Fauteuil dahin,
auch wenn ich beim Fernsehen bin.

Sie hält die Mäuse mir aus dem Haus,
dafür lasse ich sie ins Freie raus.

A Hund - a vierbeiniger Freund

Des Menschen Wille ist sein Himmelreich,
a Hund muasst sein, dann lebt sich's leicht.

Maunchen san Tiere liaba ols die Menschen,
die wollen kane Diffarenzen.

Da Hund is treu bis in den Tod, des is bequema
ols mit Menschen umanaunda z'renna.

A Hund, zum Beispül, red't ned zruck,
sogst „Gusch", hold er den Mund.

Er muass ned fein Essen gehn oda Reisen mochen,
a Hund hot do leicht lochen.,

dem genügt sei Fuata, a langa Spaziergang gemeinsam,
a bissal streicheln, dann san beide glicklich und ned einsam.

Auch ein Hund

Es hot jo imma sein Grund,
waun ana is kumman auf'n Hund.

Sei Frau hot eam valossn,
sie hot an gfund'n in ana aundan Goss'n.

Un so is er kuma auf'n Hund,
ganz ohne Grund.

Jetzt is er glicklich mit sein vierbeinigen Freund.
Vielleicht is er boid wieda mit ana Frau vaeind.

Tatsächlich hot er beim Gassi-geh'n ane gfunden. -
Do is jetzt wieda an de Frau vaschwunden

Vögel sind auch zweibeinige Freunde

Für manche ist ein Vogerl ein zweibeiniger Freund,
andere rauchen liaba einen Joint.

Eines ist gewiss,
sie erinnern an das Paradies.

Mit ihrem bunten Gefieder,
faszinieren sie uns immer wieder.

Auch ihr Gezwitscher ist ein Ohrenschmaus,
die schönsten Melodien werden daraus.

Sie zieren den Garten,
man kann den Frühling kaum erwarten.

Sogar die Spatzen, die frechen,
die immer in fremde Reviere einbrechen,

ob Uhu, Schwalbe, Papagei,
Vogerln bereichern unser Leben ungemein.
Da, möchte man gern ein Vogerl sein.

Gun Margret Forss

Pferdesonett

Meine wilden Pferde tanzen auf der Weide
die Rücken biegen sich federnd im Sprung
denn Fuchs und Schimmel sind feurig und jung
voll Anmut und Kraft galoppieren sie beide

die Hufe fliegen, die Leiber schweben.
Dann halten sie still, jeder Muskel gespannt
sie horchen, sie warten, sie sind wie gebannt
die Ohren spielen, die Nüstern beben.

Eine Weile stehen sie Seite an Seite
dunkle Augen suchen den Weg in die Weite.
Sie fühlen, dass sie gefangen sind.

Die Mähnen wehen leise im Wind.
Dann jagen sie wieder die Weide entlang
und jede Bewegung ist wie ein Gesang.

Gerd Glassner

PRINCIPESSA

sie ist ein lebewesen wie jedes andere.
mit vier beinen, augen wie bernstein & einem
champagnerfarbenen fell bewegt sie sich durch den
lebensdschungel.

zuhause ist sie in rom, venedig & am brentakanal.
dort schreitet sie mit erhobenem haupt & majestätischer
haltung durch prunkvolle räume.
bei besonderen begegnungen in einem palazzo sitzt
sie an einer langen tafel auf ihrem hochstuhl -
dem conte gegenüber.
die vorderpfoten ruhen auf dem tisch & ein krönchen
ziert ihren wuscheligen kopf.
geduldig wartet sie auf ihre lieblingsspeise:
trockenfutter.
als dessert bevorzugt sie panna cotta.

diese katze frisst weder fisch noch fleisch.
auch mäuse verachtet sie.

bei indischer musik, von heiligen in sanskrit
gesungen, entspannt sie sich auf dem rücken & streckt
alle viere von sich.
vivaldi & mozart genießt sie ebenfalls in dieser
pose.

auch am opernball würde principessa eine ‚bella
figura' machen.
zu walzerklängen wiegt sie ihren kopf & schlenkert
mit ihrem hinterteil.
mit ihrer krone auf ihrem haupt strahlt sie wie
eine lichtgestalt.

was nicht verwunderlich ist, denn sie hat spirituelle
tugenden.
das macht sie zu einem wahren katzenkapazunder.

(lieber leser, diese geschichte ist nicht erfunden. das außergewöhnliche lebewesen wird trainiert von einem katzencoach. die forschung zeigt, dass eine spirituelle begleitung auch bei vierbeinern zur bewusstseinserweiterung führen kann.)

SCHICKSAL

als zweifüßler
rückte er ein

als nullfüßler
kehrte er heim

POLITIKER

sie erinnern mich immer an
krokodile -

bis zum hals im dreck
aber das maul aufreissen

INTERNETCHAOS

zweibeinige computerkrüppel
im wirtschaftsdschungelkampf

OPERNBALL & HÜHNERSTALL

balzplatz

KABARETT

leise kriselt der schmäh

GESCHICHTSBÜCHER

straftaten der zweibeiner

FRAGWÜRDIG

mann & frau
werden in der ehe ein leib -
und was ist mit dem geist ?

MASSENDILOKULTUR

handy ist trendy
scheintote zweibeiner

ARBEITSPLATZBESCHAFFUNG

unsere politiker machen
ihre nebenjobs frei
für arbeitslose

APHORISMUS

wer keine achtung vor vierbeinern hat,
ist auch respektlos gegenüber zweibeinern.

DIALOGE

rothaariger: wollte dir der liebe gott keine haare geben?
glatzkopf: doch, aber nur rote - und die wollte ich nicht.

* * *

scheidungsanwalt: seit 13 minuten schimpfen sie über ihren mann & lassen kein einziges gutes haar an ihm. er muss doch auch etwas positives gehabt haben?
frau: ja, das schon, aber wir haben es bis zum letzten cent verbraucht.

GARANTIEN & ANDERE LEERE VERSPRECHUNGEN

in unserer wirtschaftswunderwelt gibt es zu viele
unternehmen, die ihren kunden & sonstigen arbeitspartnern
das blaue vom himmel versprechen.

moral ist kapital!
dieses ungeschriebene gesetz scheinen diese sittenstrolche
nicht zu kennen.
von wirtschaftsethik weit entfernt, treiben diese
kriminellen ihr unwesen.

mit gespielter seriosität machen sie zusagen,
vereinbarungen & verträge. ihre garantien sind genausoviel
wert wie ihre persönlichkeit - nämlich nichts !

dass diese erbärmlichen zweibeinigen kreaturen das vertrauen
zerstören & ihre firma in den abgrund führen,
ist ein faktum.

wie kann man sich vor diesen verbrechern schützen?
indem man einen weiten bogen um sie macht & eifrig
die werbetrommel schlägt mit der botschaft: ‚dieses unternehmen
ist weltmeister der unmoral!'

EIN SELTSAMER ARZT

seine praxis ist vollgestopft mit patienten.
in den behandlungskabinen sitzen jeweils 2 kranke.
jedes paar wird gleichzeitig betreut - ohne intimsphäre.
dafür aber schnell & präzis.
ermöglicht wird dieses flotte verfahren durch ein
menschenmonster.
dr seltsam - ein genmanipuliertes wesen - hat 2 köpfe,
4 arme & 4 beine.
mit seinen runden, krakenhaften, ergonomisch perfekten
bewegungen spart er viel energie.
die wartezeit schrumpft gegen null.
das behandlungstempo ist rasant.
die rezepte gleiten flugs aus dem pc.

der patient freut sich & verabschiedet sich - etwas verwirrt -
von diesem akademischen vierfüßler.
das honorar ist zwar höher als bei den normalen allgemein-
medizinern - aber wen wundert's?
2 köpfe, 4 arme & 4 beine leisten mehr.

die kranken kassen sind noch skeptisch, doch sie wittern
finanziell eine riesenchance.
genetisch wird weiterhin munter manipuliert.
es lebe der fortschritt!

Nora Gray

Der Skarabäus

In Ägypten kaufte ich mir einmal einen Skarabäusanhänger, der mir sehr gefiel. Er hatte jenes seltsame Türkisblau, das ich so liebe, aber mit der Zeit verblasste er. Ich dachte an die Erzählung des Reiseleiters, dass der Skarabäus das Sinnbild für Unsterblichkeit ist, weil er, so sagt man, eines Tages alt in der Erde verschwindet und eines Tages erneuert wieder herauskommt. Angeblich gräbt er sich selbst ein und auch wieder heraus. Schwer zu glauben, aber bei Völkern, die sich seit Jahrtausenden mit dem Tod beschäftigt haben, ist das nicht verwunderlich.

Vielleicht bin ich auch einmal ein schöner, leuchtender Käfer, der als Symbol der Unsterblichkeit wieder hervor kommt. Wer weiß. Was wissen wir denn schon wirklich, wir armen kleinen Käfer auf dieser Erde?

Zwei- oder Vierbeiner?

Ich meine das Känguruh. Man sieht es fast immer nur auf den Hinterbeinen umherhüpfen, aber die Vorderbeine sind ja auch nicht gerade Händchen. Mich bewegt immer wieder die Frage, wieso sich das Känguruh nur in Australien so endemisch entwickelt hat. Eigentlich besteht nicht viel Unterschied zwischen Austria und Australien, die beiden werden doch immer verwechselt, und ein alter Spruch besagt ja: Die Österreicher sind wie Känguruhs. Sie machen mit leeren Taschen große Sprünge.

Manchmal tut es mir leid, dass so köstliche Aussprüche nicht von mir sind, aber es tröstet mich, dass viele andere schon von mir sind, wenn sie auch von anderen benützt werden. Kürzlich sah ich sogar ein Leiberl mit der Aufschrift „No kangaroos in Austria“. Na ja, die Wort- und sonstigen Spiele werden auch langsam fad.

Ist das Känguruh also ein Zwei- oder ein Vierbeiner? Wer kann es mir sagen? Ich habe leider keinen Biologen oder Zoologen zur Hand.

P.S.: Jetzt weiß ich, wieso das Känguruh nur auf den Hinterbeinen hüpft:

Es war in Australien, da sah das Känguruh eines Tages die Aborigines, also die Ureinwohner, tanzen. Da wollte es mittanzen und weil diese nach anfänglichem Sträuben das auch erlaubten, wurden die Vorderbeine immer kürzer und die Hinterbeine immer stärker. Also, für alles gibt es einen Grund.

2 x 4 + 3-Beiner

Es war in Brasilien. Ingenieure von der Firma kamen aus dem Interior zurück, wo sie nach Feldspatvorkommen gesucht hatten. Sie fanden keine, aber was sie fanden, war ein winziges halbverhungerter Knäuel, das sich bei näherer Betrachtung als Hund herausstellte. Sie nannten ihn „Feldspat" und brachten ihn uns mit der Bitte, ihn oder sie oder das Es zu behalten. Ich hatte aber schon einen Hund mit dem Haus mitgemietet und dieser Hund war ein Psychopath. Wie sollte das gut gehen? Jedoch Wunder, oh Wunder, die beiden verstanden einander; Feldspat war ein Weibchen.

Nun aber kamen andere Bedenken, was würde passieren, wenn? Aber das passierte nicht. Was jedoch passierte, die kleine Feldspat wuchs und wuchs und war bald beinahe so groß wie ein Elefant. Sie rannte alles um, was ihr in den Weg kam.

Weil aller guten Dinge - haha - drei sind, lag eines Tages vor unserer Haustür noch ein weiteres Hundeexemplar. Dieses hinkte. Es fehlte ihm ein Bein, und es war daher recht mürrisch. Was sollten wir tun? Es ins Tierheim geben wegen unüberwindlicher Gegensätze, wie das so schön heißt? Dieser Zwerg von Hund blieb bei uns. Bald übernahm er das Kommando. Psychopath und Findling ordneten sich wortlos, beziehungsweise ohne Knurren unter. Ich hatte so etwas noch nie erlebt. Bis zu unserer Abreise lebten die drei in einer vollkommenen Harmonie, aber mitnehmen konnte ich sie nicht. Ich denke oft an sie. Was wohl aus ihnen geworden ist? Vielleicht denken sie auch noch manchmal an uns, aber da müssten sie nunmehr über fünfzig sein. Nun ja, in Brasilien ist alles möglich.

Walli Gusmits

Von der Liebe zu allen Tieren

Von meiner Liebe zu allen Tieren
ist heute nicht viel übrig geblieben.
Es ist mir einfach die Geduld gerissen:
Auf meine frisch bezogene Tuchent
hat eine schwarze Amsel gesch... ä...ä...
will sagen, ein Häuferl gemacht!
Soll ich darüber lachen?
Nein, ich habe nicht gelacht!

Der Ärger dauerte nicht ewig.
Ich habe nachgedacht:
Die Amsel hat es doch nicht
mit voller Absicht gemacht.
Sie kam in mein Zimmer und wollte mich sehen
und dabei ist das kleine Unglück geschehen!

Ich liebe sie trotzdem, sie kann nichts dafür.
Sie ist ja kein Mensch, nur ein herziges Tier.

Welch ein Vergleich

Ich komme mir vor wie ein altes Auto,
das ständig zum Service gebracht werden muss.
Bald zwickt es hier, bald zwickt es da -
wann ist es endlich damit Schluss?

Verschrotten - das geht bei mir wohl nicht.
Beim Auto ist's einfach, das hab ich gesehen:
ein neues muss her und alles ist gut.
Was soll denn aber mit mir jetzt geschehen?

Ich sitze beim Doktor. Weiß er einen Rat?
„Sie sind halt schon alt", hat der Doktor gesagt.
„Das ist wie beim Auto", stellt sachlich er fest,
„alles verschleißt sich." Das gibt mir den Rest.

Ich gehe nach Hause und denk drüber nach.
„Alles verschleißt sich!" hat er wirklich gesagt.
Ich wehr mich dagegen, er wird es schon sehn:
Ich bin ein Stehaufmannderl, ich werd's überstehn.

Evelyn A. Hahnenkamp

Begegnung in der Wüste

Ich weiß, ich hätte es nicht tun sollen, mich einfach ohne irgendwelche besondere Vorkehrungen zu treffen, hinaus in die Weite der Wüste zu begeben. Doch hätte ich dies nicht getan, so hätte auch jene Begegnung nicht stattfinden können, von der ich selbst jetzt, wenn ich meine Erinnerung zu Papier bringe, nicht weiß, ob sie wirklich erlebt war oder nur ein Trugbild der Phantasie, entstanden aus dem Mangel an Wasser und der unbarmherzig brennenden Sonne.

Da stand ich nun mitten in der glutigen Hölle endloser Dünen, meilenweit entfernt von jeglicher menschlichen Siedlung. Alles an mir schmerzte. Meine Augäpfel brannten von salzigem Schweiß, meine Lippen waren aufgesprungen und bluteten und die Zunge lag wie ein lederner Lappen in der ausgedörrten Mundhöhle. Am Ende meiner Kräfte und ohne Hoffnung warf ich mich in den Sand und erwartete mit geschlossenen Augen mein Ende.

Stunden schienen verronnen zu sein, denn als ich gegen den Himmel blickte, stand die Sonne nicht mehr genau über mir. Mühsam kämpfte ich mich auf die Beine, um weiterzuwanken, als am Horizont ein dunkler Punkt auftauchte, der sich rasch vergrößerte und bald die Gestalt eines Mannes annahm. Die Annäherung war so schnell, dass ich glaubte, jener müsste ein fahrbares Vehikel benutzen oder sich auf dem Rücken eines Tieres bewegen. Doch nichts dergleichen. Dieser Mann ging zu Fuß und schien dabei den welligen Sand gar nicht zu berühren. Ich schloss nur kurz meine Lider, da stand er auch schon vor mir, eingehüllt in einen dunklen Burnus, der mit seltsamen Zeichen bestickt war, die ich beim genaueren Betrachten als magische Zeichen und Sternkonstellationen erkannte. Die Kapuze seines Gewandes fiel ihm tief ins Gesicht, und doch konnte ich in dem Dunkel ein funkelndes Augenpaar entdecken. Es war so seltsam, als könnte ich das Leuchten zweier glühender Sterne durch einen dicht gewebten Schleier sehen. Ein eisgrauer Bart wallte über die Brust des

Mannes. Ich hatte solche Gestalten häufig schon auf dem Marktplatz der Wüstenansiedlungen gesehen, Patriarchen des Alten Testaments gleich.

Dieser Mann, der nun stumm vor mir stand, hoch aufgerichtet, beinahe stolz, hatte in seiner Haltung nichts greisenhaftes an sich. Unwillkürlich spürte ich, wie ich im Inneren zusammensank, zu einem verlassenen Kind wurde, das sehnsüchtig darauf wartete, dass einer käme, es bei der Hand nähme und fürsorglich fortführe. Der Gedanke war lächerlich, aber ich erwartete die Worte „Fürchte dich nicht" zu hören. In demselben Augenblick, in dem sich in meinem schmerzenden Kopf der Gedanke gebildet hatte, drangen eben diese gedachten Worte an mein Ohr.

„Fürchte dich nicht" - melodisch, sanft klang die Stimme, wie das leise Rieseln von Wasser über Kiesel mitten auf einer grünen Bergwiese. „Du bist nicht verlassen, ich will dich führen."

Verwirrt blickte ich zu diesem Mann auf, von dem eine so unwiderstehliche Kraft ausging. Ich bemühte mich, einige Worte in der Landessprache zu stammeln. Nur zu gern wüsste ich seinen Namen.

„Bemühe dich nicht", nahm er meine Frage vorweg. „Mein Name ist Zarkor und ich bin da, weil du gerufen hast."

Meine Verwirrung wurde noch größer. Seine Worte waren in meiner Sprache gesprochen worden. Woher konnte dieser wissen, welche Sprache ich spreche. Und in keinem Augenblicke, selbst meiner größten Verzweiflung, hatte ich gerufen, weder laut noch unhörbar leise gerufen, hinaus in die Wüste.

„Du riefest mit deinem Herzen und dieser Ruf ist stärker und lauter als der lauteste Schrei aus dem Munde ausgestoßen. Du schriest nach Wasser, nach einem Ausweg aus dem Glutofen der endlosen Dünen. Du riefest nach einem Menschen, nach einem Wesen, das dir einen Fingerzeig gibt. Da bin ich. Und nun, komm, gib mir deine Hand."

Zögernd streckte ich meine Rechte aus, die er fest ergriff. Es war eine warme, trockene Hand. Eine gute Hand, der man sich gerne anvertraut. Ich spürte die Kraft und das Pulsieren des Blutes darin. Alle Verzweiflung, aller Kleinmut fiel von mir ab. Willig ließ ich mich von Zarkor führen. Wir schritten nicht über den Sand, sondern ich bewegte mich auf dieselbe Art und Weise, wie die Gestalt, als sie sich mir genähert hatte. Ich fühlte mich schweben, frei und leicht. Ein unsagbares Glücksgefühl machte sich in meiner Brust breit. Ich schmiegte meine Hand fester hinein in diese beschützende Wärme.

Plötzlich blieb Zarkor stehen. Vor uns war ein rundes Steingebilde. Ein lederner Beutel, zusammengehalten von einem rauen Strick, lag auf seinem Rand. Es war einer der Brunnen, welche verborgen in der Einsamkeit der Wüste von Leben künden. Zarkor fasste den Strick und ließ den Lederbeutel langsam in die Tiefe gleiten. Das Geräusch des Seiles, das über die rauen Steine glitt, klang wie köstliche Musik und als der Behälter auf dem Wasser aufschlug, tönte es wie tausend Posaunen.

Ich blickte über den Brunnenrand in die Tiefe und sah es funkeln und sprühen. Wellen von Licht glitten über das Wasser und gleichsam wie in einem Spiegel sah ich Zarkors Gesicht, das lächelte und von einem Regenbogen umstrahlt war. Schon kam der Beutel gefüllt mit köstlichem Nass über den Steinrand. Zarkor schöpfte mit einer Hand Wasser und reichte es mir zum Trunk. Ich beugte mich über seine Hand und sog gierig das kühle Nass in mich. Schluck für Schluck spürte ich die Lebensgeister wieder in mir erwachen. Der dargereichte Trank schien nicht versiegen zu wollen. Als ich meinen Durst gestillt hatte, wurde ich von einer wohligen Müdigkeit erfasst. Ich streckte mich im Sand aus und murmelte schläfrig ein paar Worte des Dankes. Mit meiner Rechten hielt ich den Saum von Zarkors Gewand fest. Doch je mehr meine Lider schwerer wurden, desto mehr löste sich die Gestalt Zarkors in der Bläue des Himmels auf. Bald war ich fest eingeschlafen.

Lärm weckte mich. Ein weiches Maul berührte meine Stirne und schnoberte an meiner Brust. Eine Karawane lagerte um den Brunnen und tränkte ihre Tragkamele. Staunend blickte ich mich um. Wo war Zarkor? Ich frug einen der Hirtenjungen, der einem seiner Tiere den Hals kraulte.

„Zarkor suchst du?“ antwortete er lächelnd. „Zarkor ist da“, dabei umspannte er mit einer weiten Bewegung den ganzen Horizont. Dann berührte er sacht seine Brust und auch meine eigene und mir schien als spiegelte sich in den Augen des Jungen die hohe Gestalt meines Retters. Als ich mich umblickte sah ich nur die geschäftigen Menschen und ihre Tiere, den Brunnen, die weiten Sanddünen, die hereinbrechende Dunkelheit und im Osten einen strahlenden Stern, der langsam aufstieg.

Bernhard Heinrich

Vogerln füttern

Herr Pokorny fütterte oft die Vogerln im Park. Das weiß ich, weil ich ihm gerne dabei zusah. Ich saß an der einen Seite des Parks und beobachtete ihn, wie er auf der anderen Seite die Vogerln fütterte. Das letzte Mal traf ich ihn an einem schönen Sommertag. Pokorny hatte Brot und Semmeln mitgebracht, die er auf den Boden zu werfen begann.

„Grüß Sie, Herr Pokorny“, rief ich ihm zu.

„Ah, der Herr Beranek! Auch wieder im Park“, entgegnete mir Pokorny lachend. Dann fütterte er wieder seine Vogerln. Einige Spatzen waren tschilpend vor seinen Füßen gelandet und begannen sich um die Brotkrumen zu balgen. Pokorny bemühte sich, seine Gaben möglichst gerecht zu verteilen, und er warf das Brot und die Semmeln in einem weiten Bogen fort, sodass auch die neu hinzukommenden Vögel etwas davon hatten. Das lockte auch Tauben an, die sich nun mit den Spatzen ein größeres Gefecht lieferten. Wenig später kamen Dohlen hinzu und Krähen.

Pokorny hatte einen Rucksack voll Brot und Semmeln mitgebracht und freute sich augenscheinlich über jeden Gast in seiner Fütterungsrunde. Inzwischen war eine ziemlich große und böse aussehende Möwenart gelandet, die ich hier selten gesehen hatte, aber Pokorny warf auch ihr etwas zu. Sehr ungewöhnlich wurde das Ganze, als Geier auftauchten und sich durch die Schar der kleineren Vögel vor zu drängen begannen. Kondore und Albatrosse folgten. Nun wunderte sich Pokorny selbst ein wenig. Derart große Vögel waren in unserem Beserlpark noch nie gesichtet worden. Er lächelte mir verunsichert und fast ein wenig angstvoll zu. Das war das Letzte, was ich von dem armen Mann zu sehen bekam, denn schon senkte sich der nächste Vogel herab, ein ganz ungewöhnliches Exemplar, einer von den schon ausgestorben geglaubten Flugsauriern. Der war allerdings nicht wegen Pokornys Brotstücken gekommen, sondern wegen Pokorny selbst. Mit einem schnellen Griff seiner riesigen Klauen packte er Pokorny und entführte ihn durch die Lüfte. Ich habe nie wieder etwas von ihm gehört. Wahrscheinlich ist er selbst zum Vogelfutter geworden.

Kunos Geheimnis

Als der Förster Tannenberg aus dem Fenster sah, erstarrte er vor Schreck: Er. war wieder da! Schon näherte er sich vom Waldesrand her Tannenbergs Schrebergarten. Tannenberg wusste, was das bedeutete. Es war nicht das erste Mal, dass Kuno ihm seine Blumenbeete und Gemüsefelder verwüstete. In gemächlichem, aber unaufhaltsamem Schweinsgalopp kam er heran. Er schien zu wissen, dass ihm nichts passieren konnte. Als die größte Wildsau im Umkreis stand er unter Naturschutz. Auch der Förster konnte ihm nichts tun. Er durfte nicht erlegt werden. Jeder, bei dem Kuno seine Verwüstungen anrichtete, durfte zwar Entschädigung verlangen, aber ihn abzuschießen war nicht erlaubt. Dem Förster Tannenberg schon gar nicht, denn der hatte nicht einmal die Ausrede, dass er vom Sonderstatus Kunos nichts gewusst habe. Das kluge Tier schien das auszunützen, denn gerade Tannenbergs Garten suchte er mit besonderer Vorliebe auf und seine Arbeit war sehr gründlich. Tannenberg meinte, - aber wahrscheinlich redete er sich das ein, - dass Kuno, sobald er seinen Garten betrat, der nur durch Thujen vom Feld jenseits des Wegs abgetrennt war, ein breites Grinsen aufsetzte. Natürlich hätte sich der Förster einen massiveren Zaun machen lassen können, aber das hätte wieder Geld gekostet, und Tannenberg dachte, dass er Kuno vielleicht doch auf billigere Weise vertreiben könnte, was sich bis jetzt allerdings als vergebliche Hoffnung erwiesen hatte. Nicht einmal Schüsse in die Luft beeindruckten den riesigen Eber. Er trampelte durch die Beete und wühlte mit seinem riesigen Rüssel die Erde auf, wälzte sich auch zuweilen auf dem Boden und zermalmte so Blumen und Pflanzen. Dem Förster brach jedes Mal das Herz, wenn er Kuno dermaßen wüten sah, zumal er ihm puren Mutwillen und keine Notwendigkeit für sein Tun unterstellte. Alle seine Versuche, den Eindringling zu vertreiben, waren fehl geschlagen. Das schon erwähnte Schießen in die Luft hatte ebenso wenig geholfen wie die wirklich Furcht erregende Vogelscheuche, die er vor den Thujenzaun gestellt hatte. Kuno war unbeeindruckt an ihr vorbei gelaufen, um sein schändliches Werk wieder zu beginnen. Einmal nur hatte Tannenberg den Versuch gemacht, Waldmann, den treuen Rauhaardackel auf Kuno zu hetzen. Den hatte er jedoch nur verächtlich zur Seite geschleudert, sodass das sonst so beherzte Tier eingeschüchtert die Flucht ergriff und sich in Zukunft unter dem Sofa im Wohnzimmer in Sicherheit brachte, wenn er das grässliche Grunzen Kunos auch nur von weitem hörte.

Jetzt war es also wieder so weit. Gerade begannen sich die geknickten Blumen wieder zaghaft aufzurichten und die Spuren von Kunos Hufen hatte ein milder Regen weggewaschen, als der Entsetzliche von neuem vor dem Thujenzaun stand und einen sonst um Rat selten verlegenen Förster zur Verzweiflung trieb. Er beschloss, zu kämpfen. Mit einem groben Stock bewaffnet trat er dem Eber entgegen. Wenn er Kuno schon nicht erlegen durfte, würde er ihn zumindest verprügeln. Mannhaft näherte er sich dem Gegner, der sich gerade laut schmatzend an den Eicheln, die vom Baum gefallen waren, gütlich tat und deshalb den Förster, der sich ihm von hinten näherte nicht einmal erahnte. Der erste Schlag auf den Rücken ließ ihn herumschnellen und ehe Tannenberg es sich versah, schnappte Kuno nach seinem Stock. Ein Schlag traf Kuno noch auf den Rüssel, dann erwischte er den Stock und riss ihn dem Förster aus der Hand, der nun wehrlos seinem Feind ausgeliefert war. Zorn flammte in den kleinen bösen Augen des Ebers auf und schon setzte er zum Angriff an. Dem Förster blieb nur die Flucht. Bevor ihn Kuno aber umrennen oder am Bein packen konnte, erwischte er einen Eimer mit Regenwasser, der in der Nähe der Beete stand und schüttete seinen Inhalt auf seinen zu allem entschlossenen Gegner.

Wildschweine suhlen sich gerne im Schlamm und suchen im Sommer sogar mehrmals täglich schlammige Wasserlöcher auf, dieses nie! Es war sozusagen in zweifacher Hinsicht ein Schwein, es litt an einer krankhaften Wasserscheu. Als es nun so unerwartet vom nassen Element getroffen wurde, wich es quiekend und in Panik zurück. Ja, noch mehr, es trat den Rückzug an und kam nie mehr wieder! Der Förster hatte unbewusst und zufällig Kunos Geheimnis entdeckt. Jedes noch so große Schwein hat eben eine Stelle, wo es doch verwundbar ist.

Mein Hund

Gestern ist er gestorben. Trifft mein Blick seine verlassene Ecke mit der Hundedecke und der Wasserschüssel, so bin ich ganz erfüllt von Trauer und oft ist mir, als ob sein Blick, der Blick seines treuen Hundeauges, mir nachfolgt wie früher, als er noch lebte. Wehmütige Erinnerungen steigen in mir auf, an Spiele im Garten, wie er apportierte, den Knochen vergrub und vor mir herlief mit hängender Zunge und fliegenden Ohren. Jetzt ist er tot, das gute Tier.

Wo werde ich ihn begraben? Am besten an der Gartenmauer, im Osten, wo das erste Licht des Tages auf sein Grab fallen wird. Bello, mein Hund. Er wird mir furchtbar fehlen. Niemals wieder werde ich sein fröhliches „Miau“ vernehmen, mit dem er mich zu wecken pflegte, niemals wieder wird er mir mit seinem weichen Rüssel sanft übers Gesicht fahren. Als ob es gestern gewesen wäre, sehe ich ihn ins Schwimmbecken springen, geschwind durchs Wasser gleiten, mit wenigen eleganten Flossenschlägen. Jetzt fällt mir auch die Geschichte wieder ein, als wir ihn vom Baum des Nachbarn herunterholen mussten, weil er sich verflogen hatte. War das eine Aufregung!

Ja, solange er lebte war es nie langweilig, Bello, mein Hund! Die langen Winterabende, wie werde ich sie nun verbringen? Wer wird mit mir Schach spielen, wer die Rechnungen zahlen, wer meine Familie ernähren? Es wird schwer ohne ihn werden. Traurig hängen seine Anzüge im Kasten, der blaue Sommeranzug, der Reitdress, der Smoking, die Galauniform mit den Orden. Der Präsident hat Staatstrauer angeordnet. Er wird uns allen fehlen, Bello, mein Hund.

Gerda Hillebrand

Frühlingserwachen

Erste zarte Krokusknospen erblicke ich auf dem schneefreien Gartenboden. Zielstrebig und fordernd bohren sie sich trotz ihrer scheinbaren Zerbrechlichkeit aus der harten Erdscholle hervor, was mich stets aufs Neue erstaunt.

Das Wunder der Natur, vom Tode zu neuem Leben erwachen zu sehen, lässt in mir das Gefühl von Überraschung und Ehrfurcht erwachsen.

Laue Lüfte streicheln nicht nur über Buschwerk und leeres Geäst der Bäume. Sie dringen auch in mich und vollbringen eine Metamorphose des Gemüts, eine zauberhafte Umwandlung von Schwermut in Frohsinn, Entzücken, ja gar Erregung. Dieses Gefühl verändert mich augenblicklich.

Das braune, abgestorbene Gras der Wiese beginnt sich bereits mit grünem, saftigem Nachwuchs zu durchsetzen und ich möchte mich kurzerhand mitten in dieses Erwachen und Werden hineinbegeben, um es noch mehr zu spüren, noch mehr in mir aufzunehmen, es gierig aufzusaugen: das neue Leben.

Sonnenstrahlen umfächeln mein Gesicht mit der Zauberkraft der Wärme, die mir die Welt plötzlich nicht nur kalt und grau erscheinen lässt. Der Sonnenschein vermag Schatten verschwinden, um ihn sogleich wieder spielerisch wachsen zu lassen.

Vereinzelte Käfer getrauen sich aus ihren schützenden Erd- und Laubverstecken hervor, wanken noch träge der Wärme des Lichtes entgegen, so als würden sie noch nicht so recht dem Neubeginn trauen. Schläfrig begegnen sie einander und befühlen zaghaft einzelne Grashalme.

Die Amseln beäugen mich neugierig und vorsichtig zugleich. Es sind ihrer bereits eine ansehnliche Schar, weil ich sie durch alle Winter so fleißig gefüttert habe. Aufgeregt, beinahe fröhlich, hüpfen sie unter der Birke umher, picken emsig das unter dem Laub noch nicht gänzlich erwachte Getier auf, wobei sie sich angeregt untereinander, mit piepsenden Lauten um die besten Futterstellen streiten. Bald schon werden sie mich mit ihrem wunderbaren Gesang erfreuen!

Auf einer besonders geschützten, sonnendurchfluteten Stelle im Garten erblicke ich die ersten wilden Primeln. Noch öffnen sie nur zögernd ihren hellgelben Blütenkranz der Sonne entgegen. Eine noch vorerst durch die Winterstarre taumelnde, schläfrige Biene verirrt sich in den Blütenkelch der Frühlingsblume. Doch sofort macht sie sich eifrig auf die Suche nach den kostbaren Blütenpollen und lässt mit sausender Geschwindigkeit ihre Flügel schwingen.

Stunden um Stunden kann ich dieses Naturschauspiel beobachten, mir wie jedes Jahr zu dieser Zeit daraus Kraft schöpfen, Mut sammeln, aber auch Erkenntnisse gewinnen, um dem täglichen Einerlei mit Kreativität und Gelassenheit zu begegnen. Keine Jahreszeit ist dazu so geeignet wie das Erwachen der Schöpfung im Frühling.

Wie viel sollten wir davon in uns aufnehmen!

(Aus: „Im Schatten des Baumes“. Verlag bibliothek ohne filter, 2002)

Edeltraud Jelem

Spatzen

Die Spatzen sitzen morgens schon
auf meinem großen Holzbalkon.
Sie zwitschern laut die frohen Lieder,
denn warmer Frühling ist es wieder.

Ich habe Futter ausgelegt,
die Spatzen kommen unentwegt.
Sie füttern nachher sorgdurchdrungen
auch mit den Körnern ihre Jungen.

Ist ihr Nest auch gut versteckt,
hab ich dennoch es entdeckt.
Will ich meinen Vögeln nützen,
muss ich auch ihr Nest beschützen.

Denn die Katze will indessen
diese lieben Jungen fressen.
So ist der Kreislauf der Natur.

Barmherzigkeit zeigt keine Spur.
Fressen und gefressen werden
sind Gesetze hier auf Erden.

Zweibeiner oder Vierbeiner

Katzen, Hunde und die Kuh
zählt man den Vierbeinern zu,
und es weiß auch jedes Kind,
dass Zweibeiner die Menschen sind.

Nur bei mir, da gibt es Tücken,
denn ich gehe mit zwei Krücken.
Und es will mir oft so scheinen,
dass ich wander mit vier Beinen.

Ich gehe her, ich gehe hin,
doch ich weiß nicht, was ich bin.

Das Schweigen der Tiere

Sieh dir mein Kätzchen an,
weil es nicht reden kann,

ist es so leis und stumm,
doch es ist gar nicht dumm,

schleicht nur ganz leis und still,
weil es nicht sprechen will.

Und alles, was es tut,
ist sanft und gut.

Es fällt kein böses Wort
an diesem Ort.

Das Raubtier

Mein kleines Kätzchen kommt ganz leise,
eben so auf Katzenweise

durch das hohe Gras gegangen
und will wieder Mäuse fangen.

Sanft schaut meine Katze aus,
aber sieht sie eine Maus,

wird das Raubtier gleich erwachen.
Es geschehen böse Sachen.

Jeden Tag an diesem Ort
geschieht ganz schnell ein kleiner Mord.

Zlata Junge-Zimmer

Sonnenuntergang in Rom

(in Memoriam Papst Johannes Paul II.)

Wenn die Sonne im Vatikan untergeht
und ihre letzten Strahlen hinter dem Petersdom versinken lässt,
dann kehrt der Papst nun auch heim
und lässt die Pilger eine Weile allein
und plötzlich wird alles still ...

Er schläft nur kurz, denn er muss bald wieder fort
und fliegt durch den Himmel um die Erde.
Es warten Menschenmassen auf ihn dort
und viele sind in schlimmer Not,
vielleicht gibt es dann Frieden und Brot.

Wenn die Sonne untergeht,
gehe auch ich schon heim,
dann denke ich nach,
wo mag er jetzt wohl sein ...

Requiem

In Memoriam akad. Maler Emil Zimmer
(Brünn 1912-1975)

Im Kalender stand der sechste September.
Nach dreißig Jahren schreibe ich bei flackernder Kerze ...
Ich spüre noch, wie damals in Brünn, deutlich
den Sonnenstrahl und die Hitze.

In der Früh gleich kam jedoch ein Schlag -
mein Vater verschied in Schmerzen, wer hätte es geahnt?

Sie führen dich in die triste Stadt der dunklen Türme,
von wo es kein Zurück mehr gibt.
Es versetzt uns in Schmerz und Tränen.
Ist das alles, was uns von dir blieb?

Dein Atelier steht noch da
und birgt in sich viel schmerzende Tristesse:
Das Dachfenster ist verdunkelt, Deine Staffelei steht
verlassen und düster,
und die Farben auf der Palette sind schon trocken und hart ...

Wenn ich jedoch von einem Bild zum anderen blicke,
sehe ich Wälder, Felder, Blumen im Sonnenstrahl
in den sprühenden Farben des postimpressionistischen Stils.
Deine Gravuren mit biblischen Motiven in Marmor
und Granit sind authentisch und präzis.
Die Porträts sind wie lebendig,
und die Figuren tanzen so fröhlich und vergnügt -
Dein Vermächtnis (das Du uns gabst) dem Gläubigen genügt.

Den letzten Abschied nahmen wir
nach einem Wunsch von dir:
Es erklang die Musik von Janácek:
„Das verwehte Blatt“ und

„Die Jungfrau Maria von Frydek“ -
damals konnte ich es auswendig spielen.
Wenn ich die Augen zur Erinnerung schließe,
wie schnell ist die Zeit dahin!

So sitze ich wieder nach dreißig Jahren bei brennender Kerze
mit der Hoffnung, er ist schon beim Vater zurück.

Im September trennte uns von dir das dreißigste Jahr,
deshalb diese Erinnerung, wer der Maler E m i l Z i m m e r war.

Königin Cleopatra VII. Ptolemaios

Die letzte Pharaonin Cleopatra, die VII. Ptolemaios,
betrat mit zweiundzwanzig Jahren den Thron nach des Vaters Tod.
Eine vielseitig hoch gebildete, rassige Frau,
sie sprach viele Sprachen des Orients,
an Geld und Prunk und Ruhm hatte sie keine Not.

Ihr Temperament kam nach ihren mazedonisch-
griechischen Urahnen; ihre Mutter war Tochter
eines Tempelpriesters aus Ägypten.
Sie war energisch, praktisch und kämpferisch,
jedoch gottesfürchtig, betend, meditierend
und auch voller Scham.

Zwei mächtige Herrscher und Krieger der Welt
unterlagen ihrem Charme:
Der berühmte, unbesiegbare Caesar Gaius Julius
und der verwundbare und labile Mark Antonius.

Als deren Gattin und spätere Witwe wollte sie,
dass ihr die ganze Welt zu Füßen liegt.
Mit Caesar verbündet - zeitweise in Rom lebend -
feierte sie oft den großen Sieg.

Sie wurde von ihrem Volk geliebt und gefürchtet
und als Tochter der Göttin Isis vergöttert.
Durch das Bündnis und Heirat mit Caesar
hatte sie das Volk vor Hungersnot gerettet,

Sie kämpfte sogar selbst bei Seeschlachten am Schiff,
dort verwendete sie viele Listen in der Kriegskunst
und der Diplomatie mit Vernunft und viel Geschick,
dabei verwendete sie so manchen guten Trick!

Gegen ihren Erzfeind Octavian, den Kaiser Augustus,
verlor sie die letzte Seeschlacht bei Acquim.
Markus Antonius, schwer verwundet,
wählt den Freitod durch das Schwert ...

Die größte Bibliothek der Welt brennt -
über der Bucht von Alexandria steigt noch der Rauch auf,
eine dunkle triste Wolke - viele, viele Tote ...
Schicksalhafte Seeschlacht, eine zerstörte Stadt,
über die der Geist des Krieges, der Liebe
und des Ruhmes der Cleopatra ewig wacht.

Und doch besiegte Cleopatra Octavian - auf ihre Weise.
Sie bereitete sich gründlich vor auf die ewige Reise.
Sie wählte den Freitod durch die Schlange,
aus einem Fruchtkorb voller Feigen.
Ihre letzen Worte waren:
Die Sonne wird wiedergeboren
und der Nil wird steigen.

Gewappnet mit den Pharao-Insignien, im goldenen Gewand
lächelnd auf ihrer Reise in die Ewigkeit
bleibt sie eine Ikone der Unsterblichkeit
nicht nur für den Orient,
sondern für die ganze Welt!

Christine Jurasek

Arachnophobie

Sie hatte die Situation geschickt ausgenutzt. Ich lag in der Badewanne, tauchte gerade mit dem Kopf wieder aus dem Wasser und holte Luft, machte die Augen auf.

Ich erstarrte, wagte nicht, auszuatmen.

Sie hing zirka zehn Zentimeter vor meinem Gesicht, baumelte leicht hin und her.

Dies konnte nur ein Traum sein, ein Albtraum!

Die schwärzeste, fetteste, behaarteste Spinne, die ich in unseren Breiten bisher gesehen hatte - direkt vor meiner Nase; und ich hatte alle Spinnen dieser Gegend schon gesehen, denn sie wählten sich zum Erscheinen meistens meine Gegenwart aus.

Der Adrenalinstoß brachte mein Herz zum Hämmern, mein Puls war um die 160, ich begann zu schwitzen, was allerdings ohne Belang war, denn ich lag ohnehin im Nassen.

Sie machte keine Anstalten, an dem Faden, der sie - hoffentlich - hielt, wieder hinauf zu klettern.

Gefangen in dieser Wanne; alles außer Augen, Mund und Nase unter Wasser. Ich würde einen Herzinfarkt kriegen.

Am Liebsten wäre ich gleich wieder untergetaucht, aber ich bin Lungenatmer. Vorsichtig, ganz langsam, ließ ich die angestaute Luft aus, atmete oberflächlich wieder ein, mit angespannten Bauchmuskeln. Ein, aus. Ganz langsam. Die Spinne starrte mich an. Ich starrte zurück.

Ein, aus.

Mein Hirn begann, zögernd erst, wieder zu arbeiten.

Irgendwo hatte ich gelesen, dass man wilde Tiere geistig bezwingen kann, wenn man den Blick auf die Mitte ihrer Stirn fixiert, zwischen ihre Augen. Das Problem war, ich konnte insgesamt vier Augen ausmachen; wo war da die Stirn?

Die Spinne nutzte offensichtlich dieses Wissen, sie fixierte mich - und ich fühlte mich vom Hals abwärts gelähmt. Ich w a r gelähmt.

Ihre Augen waren schwarz, wie das Übrige an ihr, und glänzten; ich konnte mich darin spiegeln, so nah war sie mir. Ich wollte mich nicht darin spiegeln.

In Mexiko, Südamerika, Kuba bin ich weitaus größeren Exemplaren begegnet; aber in der freien Natur fühle ich mich ihnen gegenüber nicht so ausgeliefert wie in der Badewanne.

Ich hasse sie nicht, ich verabscheue sie nicht einmal. Ich habe größten Respekt vor ihnen, mache aber - wenn möglich - einen großen Bogen um sie.

Auch diese hier wusste genau, dass ich ihr nichts tun würde und hielt beharrlich ihre Position. Sie studierte mich.

Ich lag im Wasser, das dabei war, langsam auszukühlen. In frühestens vier Stunden kommt mein Mann nach Hause, ich konnte nur hoffen, bis dahin nicht erfroren oder ertrunken zu sein.

Ich zuckte zusammen.

Die Spinne bewegte sich, schwang erst leicht hin und her und kletterte dann langsam, in Etappen, an ihrem Faden hoch. Noch bevor sie den Plafond erreicht hatte, schwang ich mich aus der Badewanne. Arme und Beine gehorchten nicht richtig, mir war kalt. Ich stolperte, griff mir das Badetuch, und in der Tür stehend drehte ich mich um.

Die Spinne war im oberen Eck angelangt, verharrte dort.

Ich war mir sicher, wenn mein Mann heimkommt, würde er sie nirgends finden und meine zukünftigen Bade-Erlebnisse könnten nie mehr dieselbe Qualität erreichen wie bisher.

Was ich jetzt brauchte, war ein Whisky. Oder besser noch - einen doppelten.

Kreislauf

Es war einmal eine kleine Zecke,
die saß lauernd in der Gartenhecke.
Sie wartete dort Stunde um Stunde;
da machte ein Hund seine Abendrunde.
Plumps! Sie landete in seinem dichten Fell
und saugte sich fest. Das ging ganz schnell.

Der Hund trottete heim, kam durch den Stall,
die Zecke, vollgesogen wie ein Ball
kugelte ins Heu, das roch so gut,
und verdaute in Ruhe das viele Blut.
Des Nachts - alles schlief in tiefer Ruh -
krabbelte die Zecke auf den Bauch der Kuh.

Etwas später - sie war noch nicht wirklich satt -
kam der müde Kater, der stelzte akkurat
ganz nah am Bauch der Kuh vorbei.
Die Zecke tat jetzt zweierlei:
sie ließ sich fallen und biss zu.
(S e i n Blut schmeckte besser als jenes der Kuh).

Der Kater trieb sich dann im Haus herum,
die Zecke zog schon wieder um;
diesmal auf die Frau - sie lag schlafend im Bett -
der Platz auf ihrer Kniekehle war weich und nett.
Die Frau stand auf, die Zecke war müde,
unter dem Frühstückstisch kauerte der Rüde.

Gemeinsam mit ihm drehte sie eine Runde
durch den Garten zu frühmorgendlicher Stunde.
Der Hund hob sein Bein an der dichten Hecke.
D e n kurzen Aufenthalt nutzte die Zecke
und kullerte hinab ins feuchte Gras.
Da saß wartend eine Amsel, die die Zecke fraß.

Mathilde Jurtschitsch-Reisinger

Die Lipizzaner

Die Lipizzaner Rösser, dö san gscheit,
wos dö für Kunststück kinnen, is a Freid.
Weils gscheit und schean san, weils ma gfolln,
und ih koans ho'm konn, tua ih's moln.
Wia s'Schicksol schiach woar, grau da Himml,
han ih probiert aus Ton dö Schimml.
So kon a Wetter mir nix mochn,
tua bastln - moch ma Freid und Sochn.

(Dieses Gedicht über die „Lipizzaner-Rösser“ schrieb die Grazer Mundartdichterin als sie, durch eine Vorführung der Pferde angeregt, selbst versuchte, Lipizzaner bei der Arbeit zu modellieren. Der Versuch ist gut gelungen. Zu unserem Bedauern können wir in unserer Anthologie keinen Abdruck eines Photos der Tonpferde von Mathilde Jurtschitsch bringen.)

Wos olls für Kinner gib

Liabi und onderi,
dicki und dünni,
gscheidti und dummi,
flinki und gstadi,
bravi und zwiderni,
topferi und ängstlani,
sonfti und zornigi,
sauberi und rotzigi,
willigi und protzerti,
netti und schlomperti,
stilli und platzerti'
guati und raunzerti.
Monchs va olln, moan holt i,
steckt wuhl in an jedn dri.

Elisabeth Kainz

Mein Halstuch

Plötzlich tippt mir jemand von hinten auf die Schulter - ich drehe mich erschrocken um, sehe zwei dunkle, fröhliche Augen und das Lächeln eines jungen Mannes steckt mich an. Ich frage höflich, ob ich helfen kann. Jetzt wird sein Lächeln noch freundlicher.

„Ich glaube, i c h kann I h n e n helfen“, sagt der junge Mann sehr zuvorkommend. „Ich habe beobachtet, wie Ihr Schal langsam von Ihren Schultern hinuntergerutscht und auf den Boden gefallen ist. Die kräftigen Farben haben meinem Lumpi gut gefallen und er hat, ohne zu wissen wie wertvoll ein Seidenschal ist, dieses Unikat zu mir gebracht. Ich hoffe er hat nichts zerrissen. In diesem Fall würde ich selbstverständlich für den Schaden aufkommen.“

Jetzt erst bemerke ich, dass der junge Mann schon die ganze Zeit meinen Schal in der Hand hält und ihn mir überreichen will. Ich bedanke mich sehr freundlich und lade den jungen Mann auf einen Kaffee und seinen reizenden Dackel auf eine Schüssel Wasser ein.

„Ich will Sie sicher nicht stören, ich habe beobachtet, wie interessiert Sie einen Artikel gelesen haben, dadurch ist Ihnen nicht aufgefallen, dass Ihr Schal auf den Boden gefallen ist. Meine Freundin hat mich mit ihrem Hund versetzt. Sie sollte schon längst hier sein und den Hund abholen.“

„Oh, das ist nicht Ihr Hund?“ frage ich erstaunt, „der ist doch sehr lieb und gut erzogen.“

„Gut erzogen, wenn er Seidenschals fast zerbeißt? Ich habe bis jetzt nur Schwierigkeiten mit ihm. Was glauben Sie, wie mich dieser kleine Racker schon in verzwickte Situationen gebracht hat. Ich weiß nicht, warum ich mich immer von meiner Freundin überreden lasse, nur eine Stunde auf ihren Hund aufzupassen, warum ich mich immer breitschlagen lasse und nachgebe. Und was macht sie? Sie lässt mich mit diesem Köter stundenlang warten. Seit über zwei Stunden warten wir beide schon auf sie, aber sie kommt nicht. Da ist es Lumpi langweilig geworden und so ist das mit Ihrem Schal passiert. Er macht seinem Namen Ehre und stellt immer solche Sachen an.“

In diesem Augenblick legt der Hund seinen kleinen Kopf auf meinen Schuh und blickt mich mit seinen großen, braunen Dackelaugen an.

„Ich finde Lumpi ganz lieb.“ Ich beuge mich hinunter und kraule den Hund zwischen den Ohren, dass sie nur so wackeln. Blitzschnell streckt er seine kleine Zunge heraus und leckt meine Hand.

Der Ober bringt den Kaffee und das Wasser für den Dackel.

„Ich bin der Peter“, sagt der junge Mann und streckt mir die Hand entgegen, „wenn Sie gestatten und wir Sie nicht stören."

„Mein Name ist Elisabeth, und Sie stören mich überhaupt nicht.“

Lumpi schlürft genussvoll das frische Wasser und legt sich zufrieden neben den Sessel.

Peter erzählt mir von seinem Studium und seiner letzten Urlaubsreise. Die Zeit vergeht sehr rasch und ich muss mich verabschieden, von Peter und von Lumpi, der nur kurz den Kopf hebt und mir mit seinen großen Augen traurig nachschaut.

Eine nette Begleitung

Heuer soll ein besonderes Gelsenjahr sein. Sogar in meinem Wohnzimmer hatte ich schon so einen summenden Gast. Um dieser Gelsenplage aus dem Weg zu gehen, wählte ich einen Waldspaziergang in Purkersdorf, denn ich war sicher, dort davon verschont zu sein.

Dachte ich!

Schon nach einigen Minuten, die ich in dem schon herbstlichen Wald ging, hatte ich eine liebe Begleitung. Sie, ich nehme an, es ist eine weibliche Gelse, umschwärmte mich mit s s s s s . Ich versuchte sie mit einer raschen Bewegung zu verscheuchen. Es dauerte nicht lange, da umkreiste sie wieder meine Nase, dann flog sie auf meinen Arm zu, um dann auf meiner Wange zu landen. Es gelang mir immer wieder, diese kleine Gelse zu verjagen. Ging ich schneller, flog sie mir nach, blieb ich stehen, setzte sie sofort zu einer Landung an. So „gingen“ wir ein ganzes Stück des Weges gemeinsam.

Ich hatte mich schon fast an meine Begleiterin gewöhnt, obwohl ich immer erfolgreich ihre Landung auf meiner Haut, ihr Stechen und Aussaugen meines Blutes verhindern konnte. Irgendwie tat sie mir leid. Ich dachte, wenn ich warte bis sie mich sticht und ich merke es, werde ich sie sicher erschlagen, und das wollte ich nicht.

Ich weiß nicht mehr wie und wo, plötzlich war sie weg. Ich wartete kurz, aber das s s s s war nicht mehr zu hören. Auf gewisse Weise ging mir die Gelse jetzt ab. Ich musste alleine weitergehen.

Plötzlich spürte ich einen ziehenden Schmerz an meinem Bein. „Autsch“, das war nicht lieb. Mich hatte tatsächlich eine Gelse gestochen. Ob es die war, die mich so lange umschwärmt hatte? Ich weiß es nicht.

Vor meinem Fenster

Jeden Morgen, wenn ich mein Fenster öffne, sehe ich es. Es ist kunstvoll gesponnen in phantastischer Symmetrie und Genauigkeit.

Ich versuche die einzelnen Reihen zu zählen, weiter als bis 15 oder 20 komme ich nicht, aber es sind viel mehr. Auf jedem der Längs- und Querfäden hängen hunderte winzige kleine Wassertropfen, die in allen Regenbogenfarben spiegeln bis sie die wärmenden Sonnenstrahlen auftrocknen.

Sicher werden Sie jetzt sagen, dass ich keine gute Hausfrau bin und bestimmt haben Sie auch recht mit Ihrem Urteil, aber vielleicht können Sie verstehen, dass ich dieses Gebilde, das bei meinem Fenstervorsprung so kunstvoll von einer Spinne gewebt wurde, nicht einfach zerstören kann.

Rudolf Viktor Karl

Geoffrys Lob

Ich muss wieder von Geoffry erzählen, meinem Schutzengel, der sich mir in einer dunklen Gewitternacht zu erkennen gegeben hat. Seltsam ist es schon, dass meine Gedanken jetzt öfter um Erlebnisse kreisen, die ich als ausübender Musiker hatte, und immer öfter stelle ich mir die Frage, wie es denn möglich sei, mit zwei Händen und gelenkigen zehn Fingern so viele Noten zur gleichen Zeit zum Erklingen zu bringen. Ist es vielleicht so, dass Engel, wenn sie sich noch in der niedrigen Rangordnung befinden, nur aus Händen bestehen, die helfend zur Stelle sein sollen, um Unheil zu verhüten? Natürlich wird ein Schutzengel oder ein höheres Wesen alle schönen Künste der Musik als Seraphin und Cherubin bei der Heiligen Cäcilie gelernt haben, er wird bewandert sein müssen in allen Stilarten und Kompositionslehren, die ja ihre Kollegen geholfen haben auf die Welt zu bringen und vielleicht haben auch da nur die Hände die Notenköpfe an den richtigen Stellen im Liniensystem postiert.

Vielleicht - und alles steht unter dem kleinen Wörtchen „vielleicht", da wir ja genaues nicht wissen, was den Reiz der Sache ausmacht - vielleicht gibt es auch Engel, die nur aus zwei Füßen bestehen, um Marathonläufer zu unterstützen, ihnen zum Sieg zu verhelfen. Vielleicht sind sie nach unseren menschlichen Vorstellungen über zwei Meter groß und haben dadurch die Möglichkeit, sich mit großer Bravour über Weltrekorde hinwegzusetzen, die kleinen Engelchen zu übertrumpfen.

Aber es kann durchaus im Bereich des Möglichen sein, dass auch Flügel eine Rolle spielen, kleine Flügel an den Fußgelenken, wie sie es von Hermes oder Merkur gelernt haben, als die alten Götter abdanken mussten, große Flügel, deren Lärm man durch übernatürliche Gaben dämpfen kann, um die Stabhochspringer und Schispringer zu beschützen. Immer zwei! So wie Hände und Füße. Zwei Flügel. Aber es gibt sicher auch die kleinen, dienstbaren Geister, die nur aus Federn bestehen und daher überall sein können, jeden Winkel und jedes Versteck erreichen und so manchmal in Gefahr kommen, zwischen den Orgelpedalen zerquetscht zu werden.

Natürlich gehe ich immer davon aus, dass auch Engel zwei Füße haben, an denen sie Sandalen tragen. Lange, weiße Gewänder umhüllen die Gestalten, die ja geschlechtslos sind, ein Neutrum, eine Lichtfigur, die nur in entscheidenden Augenblicken „Fürchtet euch nicht“ spricht. Nicht mit einer Alt- oder Sopranstimme, sondern wahrscheinlich mit einer Sphärenmusikstimme. Und ich zögere nicht, festzustellen, dass auch diese Zeilen, die ich schreibe, diese Gedanken und Überlegungen mir mit mehr oder weniger Billigung von Geoffry in die Feder diktiert werden, sprechen sie doch von den guten Seiten. Es wird nicht oft vorkommen, dass über die Füße und Flügel von Schutzengeln geschrieben wird.

Ich will noch einmal erwähnen, dass ich, als ich abenteuerliche Akrobatenstücke am Klavier vollbrachte, noch nicht an Geoffry gedacht hatte, sondern alles meinem Können und meiner Begabung zuschrieb. Aber jetzt, im Alter, wenn ich mir mit manchem Klavierkonzert die Zähne ausbeißen muss, denke ich, dass ich selbst doch mit zwei Händen dies alles nicht hätte exekutieren können, wenn mir nicht Geoffrys zwei Hände einige Töne abgenommen hätten. Es mag an eine magische Vorstellung grenzen, dass ich eigentlich mit einem Engel vierhändig gespielt habe.

Wahrscheinlich stand Geoffry - bitte sei nicht böse, ich weiß es nicht besser - oder ein anderer Engel schon an meiner Wiege und hat mir diese Gaben in das Leben mitgegeben, denn ich habe auch mit sehr reizenden, kleinen Mädchen mit Stoppellocken das berühmte Menuett von Boccherini sechshändig gespielt, versuchte, in der Mitte sitzend, Takt zu halten und Fehler auszubessern. Ob uns damals Geoffry oder ein anderer Schutzengel der Mädchen seine Hände geliehen hat? Ob für acht Hände wohl Platz auf der Klaviatur ist? Oder wohnt den Engeln eine Kraft inne, zu steuern ohne selbst eingreifen zu müssen?

Manche Legenden aber bezweifeln das. Unser Lebensweg wird für die Ewigkeit festgehalten, durch Spuren, die wir zurücklassen, damit wir wohl am Jüngsten Gericht etwas vorzuweisen haben. Und die Legende berichtet weiter, dass wir vier Fußspuren hinterlassen. Zwei stammen von den Wesen, die uns leiten, zwei von uns selbst. Aber die Pointe der Legende hat mir immer die Existenz von Schutzengeln in Erinnerung gerufen. Denn in den schwierigsten Zeiten eines Lebens verschmelzen die Fußspuren zu zwei Abdrücken. Warum? Weil Gott uns trägt und unsere eigenen Füße den Boden des wirklichen Lebens nicht berühren.

Wie oft sagt man, dass geschäftstüchtige Menschen mit beiden Beinen im Leben stehen und man will damit sagen, dass diese Menschen keine Träumer sind, dass sie der Wirklichkeit ins Auge sehen, ihren Mann stellen. In diesen Situationen der Geschäftswelt sind es wahrscheinlich wirklich unsere eigenen beide Füße, auf denen wir stehen müssen. Ist es überhaupt mit der Ehrfurcht vor Höherem vereinbar, sich vorzustellen, dass Schutzengel sich mit Krediten und mit Geschäftsgebarung befassen? Vielleicht - und wieder sind wir bei dem Wörtchen „vielleicht" angelangt - gibt es in der Legion der Engel Spezialisten und Berater für Kaufleute ebenso wie die Beschützer von Künstlern.

Halten Sie mich nicht für verrückt, wenn ich behaupte, ein Experte für Schutzengelfragen zu sein, seit ich mit Geoffry ein wenig kommuniziere und auf die Füße und Hände, die hilfreich eingreifen, aufmerksam geworden bin. Vielleicht haben zwei zusätzliche Füße falsche Töne im Orgelpedal verhindert oder zwei zusätzliche Füße haben mich gestützt, wenn die Steine auf wüstem Weg und Steig zu rollen begonnen haben. Allerdings kann ich über das Aussehen der Engelsfüße keine Aussagen machen. Außer Zehenspitzen kann man auch auf den bildlichen Darstellungen nichts erkennen, da die langen, wallenden Gewänder gnädig verhüllen, was nicht für die dummen, einfältigen Menschen bestimmt ist. Aber, wenn wir unseren Vorstellungen, die wir als Kinder von Engeln hatten, folgen, so müssen auch Füße und Hände wohlgestaltet sein, durchsichtig vielleicht, ohne störende Besenreiser und Krampfadern, auch wenn die Schutzengel die Lebensmitte schon überschritten haben müssen. Aber im Himmel und auf Wolken zählt man nicht nach Jahren, sondern nach Ewigkeiten und huldigt der ewigen Schönheit und der ewigen Jugend.

Ich hoffe, dass du dich ein wenig geschmeichelt fühlst, mein lieber Geoffry, mein lustiger Geselle. Und wenn dir etwas nicht passen sollte, - was ich nicht hoffe - so steige mir mit deinen zwei Füßen heftig auf meine zwei Füße. Jetzt weiß ich ja, was das zu bedeuten hat.

Ernst Karner

Man kennt jeden Schritt
man kennt jeden Kniff
man ist allein
es kann nicht sein

Es kann nicht sein
dass e r sich so verändert hat
dass s i e sich so verändert hat
man ist allein

Es gab doch die
verschworene Kumpanei
aus Pferdestehlen ist
Autokaufen geworden

Es kann nicht sein
dass e r sich so verändert hat
dass s i e sich so verändert hat
man ist allein

* * *

Redet am Telefon
mit den Händen,
zeigt den Weg,
den der andere nicht sehen kann:

mühselige Kommunikation

* * *

Unerwartet
die Ansammlung
von Sandlern
im Durchgang
für mich
mit Gedanken
beschäftigt
die dort nicht
hingehören
wo sie herkommen

* * *

Die Kinder
auf den Rücken
ihrer Mütter
gebunden
die sich über
ihre dürftige
Frucht beugen

* * *

Im 4. Jahrhundert
(unserer Zeitrechnung)
gab es noch Löwen
im Iran, sonst
hätte Schahpur II.
nicht auf einen
von ihnen geschossen.

* * *

Lied des Krokodils

(Kasperltheater)

(Krokodil)	Ich gehe gerne hinaus und schnappe	
(Kasperl)		ho, ho
(Krokodil)	nach Luft	
(Kasperl)		aso
(Krokodil)	Und wenn ich nicht nach Luft schnappe, dann schnappe ich	
(Kasperl)		ho, ho
(Krokodil)	nach Fliegen	
(Kasperl)		aso
(Krokodil)	Und wenn ich nicht nach Luft schnappe und nicht nach Fliegen schnappe, dann schnappe ich gerne	
(Kasperl)		ho, ho
(Krokodil)	nach Zöpfen	
(Kasperl)		ho, ho
(Krokodil)	die nach Marmelade schmecken	
(Kasperl)		aso
(Krokodil)	und nach Honig	
(Kasperl)		aha

* * *

So schnell kann man
gar nicht schauen,
stehen schon Grauköpfe
und Grünschnäbel bunt
gemischt nebeneinander
in Reih und Glied,
aufgestellt von euch,
die nur drauf warten,
für drei Drachmen
im Tag im Feldzug nach
Thrakien oder sonstwohin
geschickt zu werden.

* * *

Ingrid Karner

In der Schottengasse vom Bus
aus gesehen lachen die Puppen
aus dem Fenster. Im Schritt-Tempo
durch die Stadt, Seitenblicke
aufs „Schwarze Kameel“. Zu Fuß
weiter, am Demel vorbei,
der Guckkastenbühne im Zuckerguß.

* * *

Trauben und Kokoskuppeln
am Stand, bestechend gezeichnetes
Fell eines Hundes am Parkweg,
aus dem Plattengeschäft
Fragmente gefälliger Töne.
Über traurige Blätter
gleite ich schrittweise
ohne Chance des Verweilens.
Ich würde gerne meine Träume
kultivieren, doch schon
erfolgt der Schnitt.

* * *

Vor der Hofburg tanzen
die Pferde im Stehen
als jüngste Szene der Kunst,
Standbilder, gewöhnungsbedürftig,
doch fröhlich.

* * *

Für alle die gekommen sind
Kinderspiele im Feriencamp,
ein Dreiklang der Gebete
von David, Kevin und Mohammed.
Drei Vorurteile
quer durch die Köpfe
geraten in Bewegung.
Im Namen des einen Gottes
das Gegeneinander
ad absurdum zu führen
und die Zukunft
dem Vertrauen zu nähern.

* * *

Fast aufgehoben
Die Schwerkraft
Der Ereignisse -
Fluggepäck
einer Vogelfeder.

* * *

Eine alte Frau -
beschwerlicher Gang -
bedruckt mit Elefanten
in Gold
Lebensfreude -
mein erster Eindruck

* * *

Im Fensterrahmen
sternlose Nächte
zittriger Flügelschlag
des Nachtfalters
im Zimmer

* * *

Irmhild Karner

Eine Gelsengeschichte

Es war an einem Samstagmorgen. Die Sonne meinte es schon ganz besonders gut und sandte ihre heißen Strahlen zur Erde. Da saßen zwei Gelsendamen auf einer herrlich duftenden Rose. Die Namen der beiden waren Beißtrud und Saugtraut. Saugtraut wollte gerade von Beißtrud wissen, was sie für den Tag für Pläne habe: „Was hast du heute vor, meine Liebe?"

„Nun ich habe mir gedacht, ich fliege heute in das Strandbad. An so einem wunderschönen warmen Tag liegen dort die ‚Tankstellen' dicht nebeneinander. Praktischer kann man es gar nicht haben. Man fliegt von einer Zapfstelle zur nächsten. Immer nur ein kleiner Hopser. Komm doch mit, Beißtrud! Dort werden noch viel mehr von unserer Sippschaft satt, nicht nur wir beide!"

„Das ist zwar ein reizendes Angebot von dir, aber ich muss heute einmal schauen wo mein Mann steckt. Er ist seit drei Tagen verschwunden. Damals wollte er zum Bauern Rüttling in den Stall fliegen und dort die Kühe anzapfen. Seitdem ist er nicht mehr nach Hause gekommen. Was weiß ich, wo er sich herumtreibt. Dabei hatten wir für Samstag abend einen Heurigenbesuch im ‚Grünen Buschen' geplant. So wie es aussieht, kann ich da wieder alleine hinfliegen. Komm doch auch dort hin. Wenn die Gäste etwas von dem komischen Zeug getrunken haben, sind sie beim Zuschlagen nicht mehr treffsicher und erwischen uns nicht so leicht. Außerdem schmeckt ihr Blut dann besonders gut. Es macht so beschwingt. Mein Mann findet, dass ich dann immer ganz besonders sexy bin!"

„Die Idee ist nicht schlecht. Wenn ich am Abend nach dem üppigen Mahl im Strandbad noch nicht zu müde und übersättigt bin, dann komme ich vielleicht wirklich auf einen Sprung vorbei! Tschüs!"

„Tschüs!"

Am selben Abend saß Beißtrud mit hängenden Flügeln wieder auf der duftenden Rose. Sie sah recht trübsinnig drein. Da kam Saugtrauts Mann vorbeigeflogen. Als er die Freundin seiner Gattin so betrübt sitzen sah, machte er Halt und ließ sich neben ihr nieder. „Hallo, schöne Frau, Sie sehen so betrübt drein. Doch was immer Ihr Kummer auch sein mag, an mein großes Leid kann es nicht herankommen!"

„Wieso das?"

„Ich komme soeben aus dem Strandbad. Denken Sie sich das Unglück. Ich habe dort meine Frau zerquetscht an einer Kabinentür vorgefunden. Dabei hatte ich sie noch gewarnt, nicht in so ein enges Kasterl hineinzuschlüpfen. Aber nein, das riesige Fleischpaket, welches da gerade hineinging, hatte es ihr angetan. Als ob es nicht genug Nahrung ringsum gegeben hätte. Justament der musste es sein, das hat sie dann auch mit dem Leben bezahlt. Nun bin ich mit einem Schlag zu einen einsamen Witwer geworden!"

„Ach, Herr Saugfroh, das ist eine traurige Geschichte! Aber auch ich bin zutiefst betrübt. Stundenlang habe ich heute schon nach meinem lieben Mann gesucht. Vergeblich, er ist nirgends zu finden. Am Ende hat ihn gar noch so eine ekelhafte Schwalbe erwischt und ich bin auch schon zur Witwe geworden! Vor drei Tagen wollte er noch zu den Kühen in Bauern Rüttlings Stall, um die Kühe anzuzapfen. Im Stall gibt es von diesen Schwalbenungeheuern eine ganze Menge."

„Oh, da habe ich freilich eine schlechte Nachricht für Sie. Der Bauer hat vor drei Tagen seinen Stall ausgeräuchert. Dieser Untat sind ungezählte Fliegen, Bremsen und auch von unsere Sippe eine Unzahl zum Opfer gefallen. Ja, ganz gewiss, Sie teilen das gleiche traurige Schicksal mit mir!"

Saugtraut seufzte tief auf und zerquetschte ein Tränchen.

„Da sitzen wir nun, wir zwei, vom Schicksal geschlagenen. Doch so traurig das auch ist, das Leben geht weiter. Ich habe heute den ganzen Tag nichts zu mir genommen und jetzt habe ich großen Hunger. Ich mache Ihnen einen Vorschlag. Kommen Sie mit mir. Ich fliege zum Heurigen. Dort finden wir den richtigen Trost für unseren Kummer!"

„Wahrhaftig, schöne Saugtraut, Sie haben recht! Ein guter Schluck beim Heurigen und die Welt bekommt wieder neuen Glanz. Wir zwei Verwitweten sollten uns zusammentun und gemeinsam eine Familie gründen! Sie haben mir schon immer sehr gut gefallen und nur wegen unseren Partnern habe ich bis jetzt eine Annäherung vermieden. Nun sollten wir aber eine neue Familie gründen!"

In schöner Einigkeit flogen sie nebeneinander zum Heurigen und beschwingt kehrten sie nach einer üppigen Mahlzeit zurück.

„Fliegen wir zu dir, oder fliegen wir zu mir“, wollte er wissen. „Zu dir“, kicherte Saugtraut und so war auch diese Frage geklärt. -

Mir will es scheinen, auch bei den Gelsen menschelt es!

Eine sonderbare Geschichte

Eines Tages spazierte der Wolf durch den Wald, immer auf der Suche nach zartem, frischen Fleisch. Da sah er im dichten, dornigen Gestrüpp ein junges Kaninchen sitzen. Dieses hatte sich vor ihm dorthin geflüchtet. Er merkte es wohl, dass das niedliche Dingelchen vor Aufregung am ganzen Körper zitterte. Sogleich gelüstete es ihm nach dem zarten, jungen Fleisch. Da er aber kein ganz junger Wolf mehr war und er daher allzugroße Anstrengungen nicht liebte, diesen wenn möglich aus dem Weg ging, und er sich sein Fell nicht an den scharfen Dornen ritzen mochte, versuchte er es mit Diplomatie.

„Ei“, sprach er, „was bist du für ein niedliches Kaninchen. Dein Fell ist so weiß und weich, dass ich es gerne streicheln möchte und dein Mäulchen ist rosig und fein, so recht zum Küssen geschaffen. Ich glaube, mein Herz ist in Liebe für dich entbrannt! Komm doch heraus in meine Arme, damit ich dich streicheln kann!“

„Großer Wolf“, flüsterte da das Kaninchen, „deine Worte beglücken mich! Wisse, auch du gefällst mir sehr gut. Du bist so groß und stark. Ich bewundere dich sehr. Gerne würde ich mich in deine Arme schmiegen. Ja, ich würde mich sogar von dir fressen lassen, wüßte ich es nicht, dass ich dann in den gleichen Magen müsste, in welchem schon so viele von meinen Schwestern verdaut worden sind. Der Gedanke daran macht es mir leichter, dir eine abschlägige Antwort erteilen zu müssen!“

Also sprach das Kaninchen, sandte einen letzten, beinahe traurigen Blick zu dem schönen, großen Wolf und zog sich sodann noch tiefer in das dichte, dornige Gestrüpp zurück.

Der Wolf blickte ihm nachdenklich hinterher und brummte dann: „Ach was, dumme Kaninchen gibt es auf dieser Welt noch genug! Ich finde mir leicht ein anderes!“

Gänselorchen

Es treibt die Lore auf die Wiese
die Schnattergans mit Namen Liese.
Die Liese kann es kaum erwarten,
sie schielt ganz frech nach Mutters Garten.

Ach der Salat, der wäre Spitze!
Die Lore ruft: „Mach keine Witze!
Hier auf der Wiese darfst du grasen,
doch den Salat, den musst du lassen!“

Droht mit dem Stock der frechen Liese,
da bleibt die lieber auf der Wiese.
„So Liese bist du gut beraten,
sonst wirst du heut noch Gänsebraten!“

Rosemarie Kienmandl

Regennacht

Es gibt eine Katzenrasse, der eine große Liebe zum Wasser nachgesagt wird. Nun gibt es Tierfreunde, die dies entschieden leugnen und behaupten, die bedauernswerten Tiere würden zur Demonstration ins Wasser geworfen und dann selbstverständlich an Land schwimmen, aber niemals freiwillig ein Bad nehmen. Ich aber weiß inzwischen, dass das nicht so ist. Jedenfalls handelt es sich bei den Vertretern dieser Rasse um wunderschöne Tiere mit halblangen Körperhaaren und einem prachtvollen buschigen Schwanz.

Aus geheimnisvollen, nicht nachvollziehbaren Gründen brachte eine ganz normale dreifarbige Hauskatze im nördlichen Waldviertel zwei Junge zur Welt, die offensichtlich Nachkommen dieser Rasse sind. Sie haben nicht nur den charakteristischen eleganten Körperbau und das wunderbare seidige Fell, sondern auch eine unwahrscheinliche Begeisterung für alles, was rinnt und plätschert.

Noch vor ihrer Geburt war vereinbart worden, dass ich die beiden Kätzchen bekommen sollte. Das Aussehen war mir damals völlig egal, ich wollte einfach meinem nicht mehr ganz jungen Tigerkater, der nach dem Verlust seiner beiden Gefährten todtraurig war, zu neuer Lebensfreude verhelfen, was mir auch hundertprozentig gelungen ist. Dass ich dann auch noch ein drittes - ein ganz gewöhnliches schwarz-weißes - Kätzchen mitnahm, ist darauf zurückzuführen, dass es Menschen gibt, die meinen, man kann ein Jungtier bestellen wie eine Ware und die Bestellung dann einfach stornieren. Was danach mit dem Jungtier geschieht, interessiert sie nicht mehr.

Gleich nachdem die quirlige Schar bei mir eingezogen war, zeigten die rot-weiße Topas und der grau-weiße Saphir ein für Katzen etwas seltsam anmutendes Verhalten: Ich muss beim Waschen das Wasser fließen lassen, denn sobald irgendein Becken mit Wasser gefüllt wird, sitzt der Kater drinnen. Eine volle Badewanne bietet Gelegenheit zum Schwimmen. Bei seinen dichten, langen Haaren ist die Wirkung enorm. Aber auch ein Wasserstrahl übt eine besondere Anziehungskraft auf Saphir aus, er ist Beute, er muss gefangen werden. Für mich ist so selbst das einfache Händewaschen mit einer Dusche verbunden.

Topas hingegen, die voll herablassender Würde ist, kann den seltsamen Spielen ihres Bruders nicht viel abgewinnen, ihre Liebe gilt dem Regen. Auch sie schätzt es, eine „Wohnungskatze" zu sein. Wenn sie das Haus verlässt, dann nur, um mich einige Runden durch den großen Innenhof hinter ihr herlaufen zu lassen und danach zufrieden zur Eingangstüre zurückzukehren, wo sie sichtlich vergnügt darauf wartet, bis ich keuchend nachkomme.

Doch sobald draußen heftiger Regen niederrauscht, wird sie von einer eigenartigen Unruhe erfasst. Sie maunzt und jammert vor der Tür und will hinaus. Als sie erst wenige Tage bei mir war, gelang es ihr bei Regen zweimal - winzig, wie sie ja noch war - an Leuten, die das Haus betraten, vorbeizuhuschen. Ich durfte dann beide Male, nachdem ich ihr Fehlen bemerkt hatte, ein tropfnasses Kätzchen, das vergnügt bei strömendem Regen in tiefen Wasserlacken herumtollte und -planschte, einfangen, ins Haus zurücktragen und trockenreiben. Doch das aufregendste Abenteuer mit Topas sollte ich schon bald in einer Regennacht erleben:

Das gleichmäßige Plätschern des strömenden Regens hatte mich, die ich ansonsten unter chronischer Schlaflosigkeit leide, eingeschläfert - was kann es Schöneres geben, als friedlichen Schlummer. Ein lautes Scheppern ließ mich hochschrecken. Ich überlegte eben noch, ob ich aufstehen und nachsehen sollte oder die Überprüfung der Ursache des Geräusches auf den Morgen verlegen, als etwas glitschig Nasses unter meine Decke schlüpfte. Nun war ich völlig wach und musste notgedrungen mein Bett verlassen, allein schon um die Bettwäsche zu wechseln. Also überprüfte ich auch, was geschehen war.

Anfangs hatte ich ja gedacht, Topas hätte die Gießkanne umgeworfen, doch die stand wie immer an ihrem Platz. Was ich jedoch dann entdeckte, ließ mich erschauern:

Die kleine Katze war, verführt vom gleichmäßigen Rauschen, durch das gekippte Fenster in den Hof geturnt. Für die erwachsenen Tiere, die ich zuvor gehabt hatte, war der Spalt viel zu klein, doch für dieses Baby genügte er, das hatte ich nicht bedacht. Wahrscheinlich war das einsame Spiel bald langweilig geworden, und da niemand kam, um sie einzufangen und ins Haus zurück zu tragen, war sie eben auf dem gleichen Weg zurückgekehrt. Ganz so einfach ging das aber nicht, sie war immer wieder über die Fensterscheibe nach unten gerutscht - das konnte man an den Spuren eindeutig erkennen - bis es ihr endlich gelungen war, sich an der Kante hochzuziehen und ins Vorzimmer zu springen. Dabei musste sie sich am Vorhang festgekrallt und ihn mitsamt der Vorhangstange hinuntergerissen haben. Dafür war ich ihr nachträglich noch dankbar, denn stellen Sie sich vor, das nasse Fellbündel wäre zu mir ins Bett gesprungen, während ich noch schlief.

Jedenfalls haben wir daraufhin alle Fenster mit einer Kindersicherung versehen.

Katze Topas

Goldfeueräugige Schöne,
verzauberte Prinzessin,
mit stolz erhobener
seidiger Schleppe
schreitest du schnurrend
in mein Herz.
Schenkst mir samtpfötig
unendliche Liebe.

Kater Tiger

In deinen unergründlichen
Bronzeaugen kann ich
die wilde Weisheit tiefer Urwälder
und unendlicher Wüsten lesen.
Mit charmantem Eigensinn
hast du, Unbezähmbarer,
mich zärtlich gezähmt.

Alice Kirner

Der Frosch, der fliegen wollte

In einem großen Teich, nahe dem Waldrand, saß eine Froschfamilie und quakte den lieben langen Tag. Ein kleiner Frosch, ein so genanntes Fröschlein, hockte am Rücken seiner Mutter und sah ganz traurig drein. Es lauschte der Froschmusik und versuchte auch ein paar Töne von sich zu geben, die aber kläglich misslangen, weil es noch nicht die richtige Tonlage für ein volltöniges „Quak, Quak" gefunden hatte. Es war ihm also so richtig langweilig, immer im Wasser zu sitzen und die Welt von unten zu sehen. „Wie schön müsste es sein, einmal die Welt von oben zu betrachten", dachte es sich und sagte dies auch den anderen Fröschen.

Seine Mutter und auch die anderen Froschgenossen erschraken über diesen Wunsch sehr. „Wie willst du das nur anstellen?" meinten sie einstimmig. „Du bist dazu nicht geboren. Du bist ein Frosch und kein Vogel! Nur Vögel können die Welt von oben sehen."

Da hatte der kleine Frosch eine famose Idee: Jeden Tag kam doch ein Storch mit seinem langen Schnabel und seinen hohen Beinen zum Teich geflogen und holte sich aus dem Wasser seine Nahrung. Manchmal war auch ein Frosch darunter. Da gab es immer ein mächtiges Geschrei; aber er hatte keine Angst vor dem großen Vogel und nahm sich vor, mit ihm darüber zu reden, vielleicht kann er ihm auf irgendeine Art helfen. Gedacht, getan.

Als der Storch am darauf folgenden Tag zum Teich kam, quakte er ihn an: „Lieber Storch, ich bin nur ein kleiner Frosch, aber ich möchte ein einziges Mal die Welt von oben sehen. Nimm mich bitte auf deinem Flug mit und zeige mir die Welt!"

Der Storch machte große Augen über diesen ausgefallenen Wunsch, klapperte ein paar Mal mit seinem Schnabel und sagte: „Hast du keine Angst, Fröschlein, dass ich dich fressen könnte? Du wärest ein leckeres Mahl für mich! Aber weil du so mutig bist, will ich dir diesen verwegenen Wunsch erfüllen. Setze dich in meinen Schnabel, ich werde dich vorsichtig halten, damit dir nichts geschieht, und mit dir durch die Lüfte fliegen und dir die weite große Welt zeigen!“

Der Storch nahm den kleinen Frosch, setzte sich ihn in seinen Schnabel und erhob sich mit seinen großen Schwingen über den Teich. Der kleine Frosch sah zum ersten Mal die Welt. Er sah Wiesen, Wälder, Dörfer und Städte. Unter ihm schien alles klein. Selbst die Menschen waren ganz, ganz winzig. Früher fürchtete er sich vor ihnen, wenn sie nur die Hand in den Teich tauchten, jetzt erschien alles ungefährlich, und er selbst fühlte sich groß. Der Storch flog weite Kreise, stieg hoch in die Lüfte, dass dem Frosch ganz schwindlig wurde, und durchflog die Wolken, um im nächsten Moment in einem mächtigen Gleitflug niederzustoßen, nahe zur Erde.

Das Fröschlein war unendlich glücklich und dachte immer wieder: Ich sehe endlich die Welt, die schöne weite Welt!

Der Storch kreiste noch ein Mal und flog langsam zum Teich zurück, in dem der kleine Frosch daheim war. Sachte landete er am Rand des Wassers und setzte behutsam das Froschkind in das Nass. Schnellstens sprangen die Frösche heran, um zu sehen, ob ihm nichts geschehen war. Sie quakten fürchterlich und riefen nach der Froschmutter. Diese eilte heran und war glücklich, ihr Froschkind wieder wohlbehalten bei sich zu haben. Das Fröschlein bedankte sich quakend bei dem Storch. Dieser klapperte noch einige Male und schwang sich stolz in die Lüfte.

Das kleine Froschkind hatte nun viel zu erzählen, wie es draußen, außerhalb und oberhalb des Teiches, aussah. Das Gequake wollte und wollte kein Ende nehmen.

Und wenn ihr, liebe Kinder, am Abend die Froschmusik hört, dann wisst ihr, dass sich die Frösche ihre unglaublichen Geschichten erzählen.

Tanzendes Glück

Zarter Flügelschlag
eines Schmetterlings.
Blauschimmernde Träume
taumeln leicht
im Windhauch.
Süße naschend
von Blume
zu Blume.
Im Flimmern
des Augenblicks
ein tanzendes Glück
am Sonnenhimmel.

Wunschbild

Im Photoalbum
ziehen die Jahre zeitlos vorüber.

Das Gesicht bleibt jung und faltenlos.
Die Hand am Handrücken

bleibt glatt und
zeigt keine Jahrzehnte an.

Im Bild stehen die Jahre still
lächeln ihr gleich bleibendes Papiergesicht.

Hier ist die Ewigkeit eingefangen
als Wunschbild der eigenen Unvergänglichkeit.

Protokoll im Spätherbst

Aus den kahlen Baumkronen
verklingt der Morgengruß der Vögel. -
Ihr Rückzug beginnt
nach dem Süden.

Streunend schleicht die Katze
durch den Garten.
Doch die Nester sind leer,
ihre Raubzüge vergeblich.

Sie zieht sich in die Wärme
ihrer Behausung zurück
und sucht ein Plätzchen hinter dem Ofen.
Schnurrend träumt sie

von besseren Tagen.
Ihr Winterfell verdichtet sich.
Nur aus zwinkernden Augen
blitzt träge die Mordlust.

Eva Kittelmann

Vielleicht ist meine Katze ...
(Von drei sehr verschiedenen Vier-Beinern)

Die schlimme Ernte eingebracht, Herr Tod?
Vorgestern ihn, der nicht mehr wollte - *
heut morgen sie, die es nicht länger durfte - leben!

Die schmeichelsüße Schöne im silbergrauen Fell
mit schwarzen Streifen - die mich an sich
und in ihr Schnurren zog - in ihre Schnurren!
Sie lag mir an der Brust, gefleckter Samt,
und ihre Krällchen umschlossen meine Finger
wie ein Ring der Treue.
Ich habe nie gewusst, woher sie stammt.
Ich nannte sie m a b e l l e ...
wir waren tagelang in großer Herzlichkeit beisammen.

Vielleicht, sie war mir gestern schon nervös:
der Hirtenhund verbellte sie: sie auf dem Ast,
er mitten in dem Bach ... in diesen Krach
kam eine Bauersfrau gelaufen. M a b e l l e !
Sie konnte nur ihr schütteres Miau ... nicht pfauchen.
Wo barg sie sich hernach? Stieß sie wer nieder?

Ich hab die Straße eingeschlagen zum Rendezvousplatz
immer, immer wieder ... von Rasern überholt.
Bin auf den Berg, aufs Grabfeld hochgestiegen.
Stand vor dem Menschenhügel. Ein kleiner Schauer,
ein wenig Trauer, und dieser Tag so furchtbar trüb.
Ma belle! War so erfüllt von dieser tiefen, exklusiven Liebe -
und sah sie nirgends klettern ... streunen ... liegen ...

Den zweiten Tag kam's wie ein Zwang,
dass ich es niederschriebe.

Sie l e b t , ja doch! Begegnet mir des Nachts
(Gewölk riss auf, der Mond fiel auf den Weg)
an jener Kreuzung. Sie lebt. Sie spielt.
Spielt mit dem Heuschreck fangen.
Und schleudert ihn, und reißt aus ihm den Flügel,
und wirft ihn weg, die einzeln Beine ... und nochmals
ohne nachzulassen - Ma belle, an der ich hing - potentiell
auch eine M ö r d e r i n ? So grob, so wild, so böse?

War wie im Schreckenstraum, und doch hellwach.
Da ließ die erste, die verfluchte Liebe nach -
da liebte ich das Heupferd ohne Maßen!
Ein bitt'rer Epilog, Herr Tod,
wenn uns die letzte Lieb allein durch dich entflammt.

* Anspielung auf einen selbigen Tags Verstorbenen; alles in wahrer Begebenheit.
St.Corona/Schöpfl Sommer 1999.

Erhard W. Knoll

Who is Who?

Die Lebewesen sind der zentrale Kern der Natur auf unserem Planeten. Es soll hier aber nicht die Rede von Pflanzen sein.

Scheinbar sind die Menschen auf Grund ihrer Begabung eine eigene Kategorie, und bezeichnen sich als die wahre Krone der Schöpfung.

Trotz vielem, das sie geschaffen haben, ist diese Annahme kein Beweis von Bildung - eher Einbildung.

Es ist eine menschliche Gewohnheit, die Tiere einfach oberflächlich, zum Beispiel, in Füßler einzuteilen. Auch an Stelle von dem Begriff „Tiere“, sagt er einfach: „Viecher“.

Wenn man genauso despektierlich, den Menschen in „Zweifüßler“ oder „Viecher“ einteilen würde, es wäre keine Wunder, wenn die Tiere untereinander ihn, den Menschen, ebenso benennen würden.

Natürlich glauben wir Menschen nicht an eigene Denkvorgänge der Tiere, geschweige an ein Gespräch zwischen denen.

So ist eines für uns sicher, dass es das nicht gibt. Was wir nicht wissen, gibt es nicht! Somit ist eine Charaktereigenschaft des Menschen klar ersichtlich.

Unser Hausnachbar hatte neben einem Sittich, eine Frau, eine kleine Tochter, Liesl genannt, und einen Schäferhund. Ob dieser jemals einen eigenen Namen hatte, ich weiß es nicht, er wurde kurz „Viech“ gerufen.

Liesl und Viech waren die besten Freunde, und sie hingen aneinander wie die Kletten.

Wir wohnten in einem kleinen Ort mit einer kleinen Kirche, und überproportional vielen „menschlichen Viechern“.

Eines Tages tobte Klein-Liesl mit Viech durch den Ort. Es war ein glühend heißer Sommertag. Es war beiden heiß, und der Schäferhund rannte voraus und war im Nu dem Blick von Liesl entschwunden.

Da ergab sich, dass die Kirchentüre offen stand. Viech rannte durch die offene Türe hinein ins Kircheninnere. Wie war das angenehm kühl. Vor dem Altar gab es eine größere verflieste Fläche, die zum Hinlegen einlud, was der Hund gleich und ohne Gebell wahrnahm.

Liesl suchte eine Weile nach ihm, bis sie, wie von einem Magneten angezogen, auch in die Kirche hineinging. Gleich sah sie Viech. Erst wollte sie ihn mit hinausnehmen, doch er blickte mit seinen lieben Augen zu ihr auf und sagte: „Bleib auch da Liesl, es ist so angenehm!“ Sie war etwas erstaunt, dass er mit ihr sprach, doch dann legte sie sich neben ihn.

Ein wenig später betrat der Pfarrer, von der Sakristei kommend, die Kirche. Gleich sah er die beiden am Boden liegen. Erst stürzte er hin, voll Sorge, dass etwas geschehen sei. Wie aber war er erstaunt, als der Schäferhund und nicht Liesl, ihn ansprach: „Grüß Gott, Herr Pfarrer!“

Der Pfarrer wandte sich beiden zu. „Liesl, weißt du nicht, dass der Hund nichts in der Kirche verloren hat?“

Darauf antwortete Liesl: „Herr Pfarrer, Viech ist mein bester Freund, und wenn ich einen kühlen Platz finde, ist er genauso gut für ihn, wie für mich!“

Dem Pfarrer stiegen Schweißperlen auf der Stirne auf. Er deutete auf den Altar, wo ein großes Kruzifix mit der Gestalt Jesu stand. „Herr“, sagte er, „Herr, was soll ich mit den beiden machen?“

Wie aber erschrak er und bekreuzigte sich niederkniend. Eine milde Stimme vom Kreuz herunter sprach: „Habt ihr vergessen: Lasset die Kleinen zu mir kommen!“

Der Pfarrer meinte: „Und der Hund?“ -

„Der Herr schuf nicht nur den Menschen, auch die Tiere!“ - - - -

Inzwischen neigte sich die Sonne dem Abend zu. Draußen war es kühler geworden und Liesl nahm Viech liebevoll beim Halsband.

Von da an, wenn niemand zuhören konnte, sprachen die beiden miteinander. Manchmal gingen sie einen Sprung in die Kirche. Der Pfarrer im Beichtstuhl tat, als höre und sehe er nichts. Er zitterte nur, dass einer aus der Bevölkerung den Hund in der Kirche sehen könnte. Er verstand wohl, was der Herr vom Kreuz herunter zu ihm gesagt hatte - aber die Wirklichkeit, meint er zu sich selbst, ist doch etwas anders. Er wusste in der Tat nicht, wie er den Kirchenbesuchern erklären sollte, dass es in Ordnung sei, wenn ein Hund in der Kirche wäre.

Der Hund verstand die Sorge des Geistlichen stillschweigend. Wenn der Schäferhund und Liesl unterwegs waren und einen unfreundlichen „menschlichen Zweibeiner“ trafen, meinte der Hund zu ihr: „Siehst Du, der is a Viech!“

Helmfried Knoll

Ein dreifaches „Hoch!“ auf meine TEPen

Nein - sie lassen sich nicht so schlicht und einfach einordnen unter die Zwei- bis X-füßler (O-Haxler schon gar nicht); ebensowenig unter Säuge- und sonstige Viecher. Nicht einmal unter Fantasie-Lebewesen, weil sie an sich ja tote Materie sind. Überdies halten sie nicht einmal der gemäßigten neuen Rechtschreibung stand, weil sie weder „Teppen“ noch „Deppn“ geschrieben werden dürfen (von „Tee-Pen“ ganz zu schweigen).

Neugierig geworden? Nun, unser hochgeschätzter Sprachwissenschaftler, der schier a l l e s vermuttersprachlichen möchte, hätte mit ihnen gröbere Schwierigkeiten: weil nämlich ein Bandwurmwort (oder Wortbandwurm?) herauskäme, das sich in etwa „VOLLBINNENKÖRPERTEILKUNSTERSATZ“ (oder so ähnlich) läse, schriebe und - entsprechend mühsam - auch ausspräche. Erraten? Nun, ich helfe doch lieber mit dem medizinisch-gängigen Ausdruck „TOTALENDOPROTHESEN“ auf die Sprünge. Der ist zwar auch siebensilbig, dennoch wenigstens um zwei Silben kürzer als der eingedeutschte.

Da beide TEPen vollkommene und vollendete Binnenerzeugnisse sind, hat sie auch noch niemand in meiner Begleitung gesehen; und das wird auch weiterhin so bleiben. Dennoch begleiten sie getreulich jeden meiner Schritte wie Wachhunde; sie schlafen mit mir (hört! hört!), und sie werden noch immer sein, wenn ich schon längst nicht mehr die Erde unsicher mache. Die Plastik mag ja vielleicht einmal verrotten. Dem Stahl und der Keramik jedoch sagt man ein wesentlich längeres Dasein voraus als dem menschlichen. Dafür sind freilich meine TEPen derzeit bedeutend jünger als meine Hülle, die sie schützend umgibt; zumal beide schon je zweimal ausgewechselt wurden. Die eine vor gut 16 Jahren; die andere erst zehn Jahre später. Das Wechselbad durch geeichte Fachleute gelang immerhin so gut, dass ich nachher noch die beiden letzten meiner 15 Wanderbücher ehrlich erwandem konnte; vom Kubany-Urwald in Böhmen bis zum Pressburger Wald und den Kleinen Karpaten in der Slowakei. Vom Otter bis zum Osser, vom Semmering bis zum Hochlantsch. Als „Draufgabe“ gewissermaßen später noch in vielen Tagesabschnitten von Wien bis Iglau.

Damals freilich wurde ich trotz ihrer (der TEPen) auch häufig zum (sichtbaren) Drei- und Vierfüßler; stützte mich auf „Mariner“-, „Leki“- und „Country“-Stöcke, wenn der Schnee bis zum Bauch reichte oder Auf- und Abstiege in unwegsamem Gelände Neigungswinkel boten, die kein „Mountainbiker“ - Verzeihung Bergradler - erklimmen oder „derbremsen“ würde. Der aufrechte Gang, der uns Menschen ja von den Menschen- und anderen Affen unterscheidet, wurde durch diese Gewichtsverlagerung und Abnützung der Gehwerkzeuge nicht unbedingt anmutiger. Besonders dann nicht, wenn man sich unmittelbar danach wieder als Zweibeiner gebärdet und üblicherweise noch dazu hundsmüde ist. So kann man mich denn schon seit einiger Zeit auch innerhalb von Wiens Stadtgrenzen immer häufiger als Dreibeiner erspähen. Ohne dass ich gerade auf dem Rundumadum-Weitwanderweg oder anderen innerstädtischen Wanderpfaden unterwegs wäre. Ja, mit dem 75er auf dem Buckel und entsprechend „eingegangen“ (legt das Wort nach Belieben aus, es passt auf jeden Fall!), rufen eben auch meine TEPen unüberhörbar nach steuer b a r e r Entlastung (denn für eine steuer l i c h e bleibt KHG ohnehin stocktaub; der ist aber trotz seiner Jugend wohl in seinem ganzen Leben nicht soviel gewandert wie ich in einem Monat ...)

Allein, ich schweife allzu sehr ab, meine lieben TEPen! Wollte doch euch und eure verdienstvollen Schöpfer und „Inbringer“ preisen und dreimal hochleben lassen. Läge ich doch ohne euch längst in einem Rollstuhl oder unter der Erde, hätte zuvor Höllenqualen durchlitten und die Berge nur noch im Fernsehen oder auf sonstigen bunten Bildchen geschaut. So aber begleitet ihr mich weiterhin auf Schritt und Tritt auf dieser Erde; sei’s auf dem Asphalt oder Beton der Stadt, sei’s auf wunderbar weichen Wald- oder Feldwegen; ja, mitunter sogar durch Gatsch und Wasserläufe. Stumm und ohne Klage; weggesperrt und ohne Auslug; stützend und doch ohne Eigenleben. Vielleicht aber bastelt ihr insgeheim an einer Umdichtung des bekannten Zecherlieds? Etwa: „Es werden TEPen sein - doch er (der Schreiberling dieser Zeilen) wird nimmer sein!““? Auch als Nicht-Zecher gebe ich euch jetzt schon Gedankenfreiheit und rufe jederzeit, wo es erforderlich ist, begeistert aus: Hoch sollt ihr leben! Dreimal hoch!

(P.S.: Schon mein letztes Buch - „Wanderparadies Fischbacher Alpen“ - wollte ich meinen TEPen widmen; leider war der Lektor dagegen …)

Lucy Ludikar

Zuerst einmal die Zweibeiner ...,

Sie gehen nun schon seit Jahrtausenden aufrecht und sind mit ihren zwei Beinen meist recht zufrieden. Wenn - durch Krankheit oder Gewalteinwirkung - einmal ein Fuß verloren geht, ist der Verlierer darob meist nicht sehr glücklich.

Außer uns Menschen - abgesehen von Bären, die dies aber nur aus Imponiergehabe tun -, ist das Aufrechtgehen allen Vögeln zu Eigen. Sind sie nicht in der Luft, schreiten, watscheln, hüpfen oder trippeln sie mehr oder minder rasch durch's Leben. Bewundernswert dabei die Tauben, die erst ganz knapp vor einem Auto oder Zug auffliegen - d i e Nerven hätt' ich nicht!

Einmal durfte ich erleben, wie ein Zweifüßler einen anderen zum Einfüßler machen wollte. Ich war zu Gast bei Freunden, die einen schönen Nymphensittich hatten, der alle Familienmitglieder beim Namen rief - auch mich -, sodass man eiligst irgendwohin wegstürzte, um zu fragen, wer was wolle. Aber es war nur ein Vogel-Scherz. Dieser Nymphensittich war sehr zwickfreudig. Es war unklug, mit ihm schmusen zu wollen. Nun hatte diese Familie noch einen Vogel - einen Wellensittich (Warum bitte Welle? Sie baden meist nur in flachen Gewässern - wo also Welle?), der sich frei fliegend im Zimmer umher bewegte. Eines Tages, wir saßen gerade beim Tee, ließ sich der Sittich oben auf das Gitter des Nymphensittichkäfigs nieder. Schwupps hatte ihm von unten mit einem Schnabelbiss der Große ein Bein abgezwickt. Entsetzen, Grollen, Weinen folgte, die wir alle den Käfig und den verletzten Vogel umringten, nur der Sohn des Hauses nahm den Wellensittich samt dem herabhängenden Bein und fuhr zum Tierarzt. Dieser konnte das Beinchen des Wellensittichs wieder annähen - nun war er wieder ein Zweibeiner.

Über andre Zweibeiner, die Menschen, will ich hier nicht schreiben - das würde Bände füllen, die dem Umfang nach einer Enzyklopädie glichen. Wir alle haben da unsre Erlebnisse und Begegnungen mit den Gleichfüßlern!

... aber auch Begegnungen mit Vierbeinern ...

Solche Begegnungen hatte ich auf verschiedenste Weise. Da waren einmal meine 36 weißen Mäuse (welche reiche Beglückung für meine Eltern!), die heiß geliebten Meerschweinchen, Koba und Kobus genannt, da ich diese Namen - g'scheit wie ich immer war - von Cavia Cobaya, dem lateinischen Namen, ableitete. Einmal bekam Koba zwei süße Junge, eines schwarz-braun wie der Vater, das andere schwarz-weiss, wie die Mutter. In meinem Zimmer war es kalt, so nahm ich die Kleinen zu mir ins Bett. Ich schlief ein und erdrückte im Schlaf eines davon. Der Jammer war riesengroß, ich war schier untröstlich ...

Da gab es dann noch Hopperl, das reizende grau-weiße Kaninchen, das mir mein Bruder zu Ostern geschenkt hatte. Ich war damals elf Jahre und hellauf begeistert - meine Eltern nicht so sehr. Dieses niedliche Tier entwickelte sich zu einem Riesenrammler. Eines Morgens, als ich sehr früh zu meinen Eltern ins Schlafzimmer ging, folgte mir Hopperl. Er sprang auf das Doppelbett und legte einen Brunfttanz à la Tarantella hin. Das war das Ende von meinem lieben Hopperl; ich musste ihn schweren Herzens weggeben.

Hunde und Katzen waren die Lebensbegleiter von meinem Bruder und mir. Flock, die Dogge, die über den Gartenzaun mit elegantem Sprung entwischte und einmal in der Schlackengrube - so etwas gab es damals noch - nach zwei Tagen ermattet gefunden wurde. Oder Flora, ein Jagdhund, schön und lieb. Aber mein Vater war kein Jäger und somit war Flora bei uns fehl am Platz. Und schließlich Flicki, der Hund meiner Kindheit - m e i n Hund! Ihm habe ich schon in einer unserer Anthologien ein Denkmal gesetzt.

Dann gab es da noch meine Katzen - schnurrende Freunde, eigensinnige Lebewesen voll Charme, Schönheit und Eigenleben, sich hie und da freiwillig unterwerfend - Gespräche mit mir führend, zornig fauchend und trotzdem liebevoll ergeben

Nicht zu vergessen die Pferde. Als Kindergartenkind saß ich in einem Bauernstall oft zu Füßen eines schweren Arbeitspferdes, das, solange ich unter ihm war, kein Bein bewegte.

Als ich später, schon lange dem Kindes- und Mädchenalter entwachsen und somit dem älteren Semester zuzuzählen war, hatte ich die Wahnsinnsidee reiten lernen zu wollen. Welch Begegnungen von wahrer Beglückung! - egal ob ich im Sattel saß oder ein Pferd führen durfte, ob ich im Stall sein konnte oder ehrende Aufgaben hatte - etwa bei einem Turnier, da ich Vorstandsmitglied des Vereines war, 250 Tassen Kaffee an einem Tag zu verabreichen - oder den Reitern zusah. Es war herrlich. Diese schönen, geduldigen, großen, starken Tiere mit eigenem Willen und doch folgsam und beherrschbar, wenn auch nicht immer vorausberechenbar - trotzdem, es war herrlich, Natürlich bin ich auch unfreiwillig aus dem Sattel entfernt worden, einmal mit einer Wunde am Sitzteil, einmal mit einem gebrochen Mittelfinger. Aber wer Pferde mag, der ist rettungslos verloren!

... und jetzt die Sechsfüßler ...

Eigentlich sind Insekten nicht gerade meine Lieblingsgespielen, ausgenommen Schmetterlinge. Ich anerkenne zwar die Brauchbarkeit der Bienen, aber nur bezüglich des Honigs, als stechende Zeitgenossen sind sie mir weniger sympathisch. Flöhe, Läuse, Wanzen, Käfer und sonstiges krabbelndes Getier brauche ich nicht, auch wenn sie einem recht zutraulich bis ins Bett nachfolgen. Gelsen, Wespen, sogar Mücken finde ich entbehrlich, sie sollten in noch größeren Mengen von den Vögeln vertilgt werden.

Einmal stand ich, Schaum vor dem Mund, weil ich mir gerade die Zähne putzte, im Badezimmer, ohne es zu bemerken, verfolgt von einer schmucken Gelse. Sie stach zu, ehe ich mich in ein Handtuch retten konnte. Es war der 23. Gelsenstich auf meinem zerkratzten Körper. Wütend meldete ich es meinen Gastgebern und im Zorn beschloss ich, den 25. Stich mit meinen Freunden feierlich mit Sekt zu begehen. Es hatte den Anschein, dass die Gelsen dies gehört haben mussten, denn den nächsten Tag und auch die folgenden stachen sie nicht mehr, trotz meiner höflichen Bitten, mir doch den Sektabend zu gönnen. Da nichts erfolgte, gab ich bekannt, wir würden trotzdem feiern. Des Abends saßen wir im Freien, tranken und lachten - milde Luft, herrlicher Amselgesang, alles friedlich - kurz gesagt, es war schön. Nur, als ich ins Haus ging, stach mich irgendein widerlicher Nachtschwärmer sehr schmerzhaft, eine lange wirkende Trophäe, sozusagen ein Beleg. Also, die Sechs-Füßler mag ich wirklich nicht.

Wanzenlied

An der Mauer
auf der Lauer
sitzt die Wanze.
Ich verschanze
hinter Licht mich.
Sie sieht mich nicht,
und sie geht,
wie ihr seht
in die Rille,
wo noch viele,
welche beißen
in den heißen
schwülen Nächten.
Ach, die echten
Todesqualen,
gift'gen Strahlen,
hat indessen
man vergessen
zu erfinden
und wir winden
unter Bissen
uns am Kissen.
Endlich dann
kannte man
Schonung nicht,
machte Licht …
An der Wand
vieles rannt
eilig sehr
hin und her.
Fürchterlich
wütend ich!
Griff' nach Schuh
und schlug zu.
Keine Chance -,
tot, die Wanze!

Hans-Joachim Maier

Der Silbersee im Tal der Tiere

Weitab in einem fernen Land, lang vor unserer Zeit, als es noch keine Menschen gab, lag ein See klar und rein in einem wunderschönen Tal. Diesen See umstanden viele Berge. Nachts, wenn der Mond vom Himmel leuchtete und das fahle Licht sich im See spiegelte, schimmerte die Oberfläche silbrig, als wäre der See von einem kostbaren Schleier überzogen.

Aber dieser See war nicht nur wunderschön anzusehen, sondern er war auch Futterquelle und Durstlöscher für viele Tiere. Manche fraßen das Gras und die Algen, manche ernährten sich von den vielen Fischen, und alle kamen, um zu trinken, wenn sie Durst hatten. Damit das Wasser immer frisch und klar blieb, wurde der See von einem großen Bach gespeist, der hoch oben von den Bergen ins Tal rauschte.

Eines Abends jedoch zogen schrecklich dunkle Wolken über das Tal. Es wurde plötzlich so dunkel, dass der Tag sich zur Nacht wandelte. Kurz darauf begann es zu regnen. Dann wurde der Regen immer heftiger. Dazu kam noch ein derart starker Sturm, sodass dieser viele Bäume entwurzelte. Es begann sogar zu hageln. Nie zuvor gab es so ein Unwetter. Es schien, als ob die Welt unterginge.

Die Tiere hatten sich längst verkrochen und suchten Schutz vor Sturm und Hagel. Am nächsten Tag schien alles wieder in Ordnung, und die Sonne strahlte wieder. Doch es sollte schlimmer kommen. Es folgten viele Tage großer Hitze, und das Wasser im See wurde weniger. Der See verlor seinen Glanz, wurde schlammig und dreckig, und das Wasser konnte man nicht mehr trinken.

Da sagte das Krokodil Schuppenzahn zum Nilpferd Dicki: „Merkst du nicht auch, dass das Wasser im See immer weniger wird und ganz trüb ist?"

„Ja", erwiderte Dicki, „das habe ich mir auch schon gedacht. Wenn wir kein Wasser mehr haben, müssen alle Tiere verdursten. Wir müssen zum König der Tiere gehen und ihm das berichten."

Schuppenzahn und Dicki gingen zum König Leo, einem mächtigen Löwen, und berichteten. Da sagte König Leo: „So geht das nicht weiter, wir werden alle sterben. Ich muss eine Tierversammlung einberufen, um mich zu beraten."

Als die Tiere beim König versammelt waren, dachten sie nach, was sie tun sollten. Da meldete sich der kleine Flusskrebs Zwicki zu Wort: „Herr König, ich weiß warum der See austrocknet."

„Ja, warum denn?" brüllte König Leo.

„Ich habe gesehen, dass der große Sturm alle Bäume am Bach entwurzelt hat und die Bäume in den Bach gefallen sind. Jetzt rinnt kein Wasser mehr in den See", antwortete Zwicki.

„Das ist gar kein Problem", trompetete der Elefant Langrüssel, „ich bin stark genug und räume die Bäume weg."

Der König der Tiere war froh, eine Lösung gefunden zu haben. Der Elefant ging an die Arbeit, doch die Bäume bewegten sich nicht von der Stelle. Die Tiere waren verzweifelt. Was sollten sie nun unternehmen?

„Ich kann euch helfen", piepste eine kleine Stimme vom Boden.

Da lachte Langrüssel so laut, dass der Boden zitterte und fragte dann: „Ha, ha, du bist eine kleine schwache Termite, wie willst du uns helfen?"

„Wartet ein bisschen, ich bin gleich wieder hier", sagte die Termite Vielfraß. Nach kurzer Zeit wurde der Himmel über den Tieren dunkel. Es war Vielfraß mit all seinen vielen tausenden Freunden, die da heranflogen.

„Das ist die Idee", brüllte König Leo, denn er wusste, dass Termiten Holz fressen. Nach einigen Stunden hatten die Termiten ganze Arbeit geleistet und die Bäume, welche im Bachbett lagen, aufgefressen. Das Wasser floss wieder in den See. Am nächsten Abend erstrahlte der See wieder in seiner alten Pracht. Der Silbersee schimmerte wieder silbern im Tal der Tiere.

König Leo dankte den Termiten und brüllte in das Tal: „Merkt euch, ihr Tiervolk, auch kleine Tiere sind nützlich!"

* * *

Sonnenschein in dir
Öffne dich und zeige ihn
Er begleitet dich

Die Angst

sie hat viele Gesichter:
die Gaskammer und den Totenschädel
den Krieg und das blutige Schwert
die Krankheit und den Schmerz
das missbrauchte Kind und den Pädophilen
die Klaustrophobie und die Menschenmenge
den Terror und den Sprengstoff.
Die Angst, sie hat viele Gesichter.

Ich sehe mein Gesicht im Spiegel.
Welches Gesicht habe ich?
Welches Gesicht hast du?

* * *

In München steht ein Hofbräuhaus
von dort wankt Eduard heraus
denkt er nun an seine Frau
fühlt er sich wie eine Sau
Mit dem Saufen ist's jetzt aus

* * *

Sonne und Urlaub
Karibik oder Schneestaub
Freude und Genuss
Taschen voller guter Schecks
Deine Frau bald deine Ex

.

Charles Ernst Moeckel

Das Leben nach dem Tode!

Im Jenseits es ein Leben gibt,
doch ist der Sex dort nicht beliebt,
weil unser Körper nur als Geist,
ein besseres Denken aufweist!

Die Seele wie ein Windhauch zählt,
Geschlechtlichkeit uns nicht mehr quält,
was man auf Erden war gewohnt,
der Sex im Jenseits sich nicht lohnt!

Der Pluto-Trabant Feuer speit,
er dient den Geistern jederzeit -
als wohldurchdachter Urlaubsort,
man sucht ihn auf und bleibt dann dort!

Bei dieser wahrhaft großen Hitze,
lachen die Geister, machen Witze.
Ein Felsblock tausend Grade zählt,
ein Geist ihn zur Verkühlung wählt!

Für diese Wesen gibt es nicht.
wohl die Entfernungsübersicht.
Wenn man an einen Ort nur denkt,
der Umwelt dort Beachtung schenkt!

Deshalb braucht man kein Fluggefährt,
das Menschen an den Nerven zerrt.
Ist die Entfernung noch so weit -
ein Geist kennt weder Raum noch Zeit!!!

Wiedergeburt des Geistes!

Im Vergleich zum Maler Fuchs,
bin ich nur ein Häufchen Schmutz.
Doch in einem früh'ren Leben,
hat es sicher mich gegeben.

Als ich auf der Straße lag,
just genau an jenem Tag.
Es war in Jerusalem
und ich konnte deutlich sehn -

wie J e s u s auf der Straße schritt
mit sorgsam gewählten Tritt,
seine einfachen Sandalen
auf mich traten ohne Qualen.

Ich spürte dann in jener Zeit
einen Hauch von Seligkeit,
der zu meinem Wesen passte
und mich wahrlich zart erfasste.

Glücklich und auch demutsvoll,
fühlte ich dann ohne Groll,
jenen Zustand, der mich matt -
in diese Zeit begleitet hat!

Auguste Müller-Binder-Zisch

Storchen-Idylle

Am Raupfang vom Brauhaus in Weitra,
z'höchst obmad in luftiger Höh,
thront wognradlgroß a Storchennest -
vom Rothausplotz aus siecht mans eh.

Aa ih siehch's, weil ih beim Fenster
in unsrer Mansard oben bin -
und ih siehch mih, zwaaraholbjährig,
in unserer Wohnung in Wien:

A fremde Frau zeigt mir mei Schwesterl -
sie richt wohl des Putzerl zur Tauf,
pockt's ein woarm - es is jo Dezember -
in a Deckn mit an großn Storchen draufl! -

Der Storch aus der frühesten Kindheit
is mir in Erinnerung bliebm,
und gern hob ih, so wia jetzt wieder,
übern Freund Adebar gschriebm.

Hob de Störch immer wieder beobacht,
wann s' umbett habm in eahnern Nest,
in Tatzmannsdorf, Neusiedl, Güssing,
Marchegg - und wo s' sonst noh san gwest.

Wann s' weggflogn san oder z'ruckkumma,
in eahna luftigs Daham,
so woar des a Rauschn und Brausn,
wia wann si der Wind fangt in d' Bam.

Wann s' von aan Fuaß auf den andern
san umgstiegn am gleichn Fleck -
auf amol woar nur der aane zum sehgn,
und der andere Fuaß, der woar weg!

Wann s' gwachlt habm mit de Flügln,
tolpatschig oft und schwer,
wann s' klappert habm oder g'schnäbelt,
wiar ich s' grod jetzt wieder hör! -

Mei Blick straaft über de Dächer
zu der Storchenfamilie hin -
es hot heuer kloppt mitn Nochwuchs -
zwaa Junge habm s' in Nest drinn!

De san spät am Abnd noh putzmunter!
Können net fliagn noh, kaum stehn!
Sperrn ewi hungrig de Schnaberln auf,
wolln noh net schlofn gehn!

De Oltn, de stochern und stupsn,
haaßt wohl, gebts endlich a Ruah!
Duckn si, san net zum sehgn mehr! -
Ih riegl de Fensterlädn zua.

Gertrude Pollerus

Murina und ihre Kinder

Am 1. Mai 2004 rief mich Doris aus dem Garten im südmährischen Lundenburg an: „Ich bin soeben Großmutter geworden!“

Es wird doch nicht ihr achtzehnjähriger Sohn Marcus ... jagte es mir durch den Kopf. Nein, das doch nicht.

Murina, eine der vielen Nachbarkatzen, die von Doris liebevoll bemuttert wurden, hatte soeben in ihrem Bett zwei Junge zur Welt gebracht. Ihr jüngerer Sohn Daniel hatte es ihr berichtet, und sie hielt es zuerst für einen 1.-Mai-Scherz.

Aber wirklich, da lag Murina auf der Bettdecke und leckte fein säuberlich ihre Winzlinge. Nichts war in Unordnung geraten.

Murina, graufellig, knapp ein Jahr alt und wie die ganze umfangreiche „junge Generation“ bei jeder sich bietenden Gelegenheit zu Gast im „Rosehäuschen“, das meist nur an den Wochenenden offen steht. Diesmal war man ausnahmsweise schon am Freitag gekommen. Kaum war die Tür offen, stürzte Murina hinein und die Treppe hinauf. Doris war nur aufgefallen, dass sie etwas nass war, sie dachte aber, dass sie in der Hast der Wasserschüssel auf der Terrasse zu nahe gekommen sei.

Kurz und gut, jetzt waren die Babys da. In letzter Sekunde hatte Murina den Traumort ihrer Wahl erreicht. Man bereitete ihr ein feines Lager auf dem Fußboden neben Tante Muschis (das bin ich) Kommode, und der Familienrat beschloss, dass jemand die ganze anschließende Woche im Garten bleiben sollte, damit man Murina nicht so bald wieder aus dem Haus weisen müsste.

Dieser „Jemand“ war Rudi, der Mann von Doris. Nicht nur Murina, auch dem Garten taten diese zusätzlichen Tage sehr gut, und Rudi empfing uns nach einer Woche gut gelaunt, schön gebräunt und etwas schlanker.

Murina war wieder auf das Bett übersiedelt, das sie auch bei all ihren zukünftigen erstaunlichen Aktivitäten bevorzugte. Ihre zwei Kinder sahen ihr sehr ähnlich und gediehen prächtig.

Murinas Schwestern und Cousinen waren ebenfalls nicht untätig geblieben und hatten auch ihre Jungen nach und nach zur Welt gebracht, allerdings nicht so feudal, sondern im nachbarlichen „Katzenhäuschen“ oder in der nahen Umgebung. Murina musste jetzt ihr Domizil samt Anhang nach jedem Wochenende verlassen. Die kleine Familie wurde der Nachbarin in einem Körbchen über den Zaun gereicht.

An den Samstagen darauf fanden ganz seltsame Transporte statt: Murina schleppte nicht nur die eigenen Jungen durch das Loch im Gitter über die Terrasse und die Stiege hinauf in ihr geliebtes Bett, sondern auch alle anderen Babys, deren sie habhaft werden konnte. Sie legte bei ihrer Arbeit Pausen ein, kam aber zirka alle halben Stunden mit einem Kleinen im Mäulchen angewackelt und lag dann endlich zufrieden inmitten einer bunten Schar, diese säugend. Am Sonntag Abend musste dann jeweils die bereits geschilderte Übergabe erfolgen.

Wir waren sehr erstaunt über diese Katzen-Kinderstube und Tagesmutterschaft. Aber alles lief klaglos ab und bald begannen die ersten Winzlinge ihre ersten Krabbelversuche und kleinen Erkundungen.

Eines Tages fehlte Doris, die als Katzen-Großmutter voll im Bilde war, wie sie glaubte, eines der Murina-Jungen. Am Abend stellte sich bei der nachbarlich gemeinsamen Abzählung heraus, dass Murina ihre beiden Jungen „zu Hause“ gelassen hatte, in der Obhut der Verwandtschaft, einfach weil sie ihr schon zu schwer waren als Erstgeborene. Auf das Stillvergnügen mit den anderen fünf oder sechs verzichtete sie aber vorerst noch nicht. Bald fand die Schlepperei jedoch ein naturgemäßes Ende und binnen kurzem fanden sich die Kleinen auf eigenen Beinchen zu Fraß, Völlerei, Schlaf und munterem Spiel bei uns ein.

Murinas Kinder sind Mädchen und haben die modernen Namen „Fibi“ und „Piper“. Mit der langhaarigen „Fee“, der süßen „Putzi“, „Lio“, „Zorro“ (weil schwarzmaskig, nach neuesten Ermittlungen auch weiblichen Geschlechts), „Miki“ und all den anderen, bilden sie eine höchst liebenswerte Rasselbande.

Natürlich verabsäumten die Mütter keineswegs, ihre Kinder im Mäusefang zu unterrichten. Einmal geschah es, dass eine kleine Spitzmaus panisch ins Haus raste, die ganze junge Meute hinter ihr drein. Doris gelang es, sich wie ein Tormann über das Mäuschen zu werfen und es einzufangen. Für diesmal war es gerettet.

An mein Kätzchen Melli

Grünäuglein,
Rosenschnäuzlein,
Samtöhrchen,
Weißpfötchen!

Ich liebe dich,
mein Fellmädchen!

* * *

Walpurga Rauter

Der Portier

Ein Hotelportier hat es absolut nicht leicht. Was habe ich nicht alles erlebt in den 30 Jahren, die ich in der Portierloge des Hotels „Goldener Stern" verbracht habe. Es gab Verwechslungen, Verwicklungen, Verwirrungen und so mancherlei Heimlichkeiten und Unschicklichkeiten, von denen ich gar nicht zu berichten wage. Die Verschwiegenheit zeichnet einen Hotelportier ja auch aus und es herrscht eine Art Ehrenkodex, dass man, wenn man schon eine „Hotelgeschichte" zum Besten gibt, niemals die richtigen Namen nennen darf. Daher sind die Namen in der nachfolgenden Geschichte auch frei erfunden, obwohl die ganze Sache mich selbst eigentlich am meisten getroffen beziehungsweise beinahe zu Tode erschreckt hat.

Die Portierloge im „Goldenen Stern" musste selbstverständlich Tag und Nacht besetzt sein und der Portier musste zu jeder Tages- und Nachtzeit den Gästen zur Verfügung stehen. Nachts war es allerdings oft sehr ruhig, es kamen zwar vereinzelt Nachtschwärmer nach Hause oder Gäste verlangten nach Schlaftabletten, Kopfschmerztabletten oder ähnlichem - im großen und ganzen war aber wenig los. So hatte ich die Portierloge - natürlich im Einverständnis mit der Hoteldirektion - mit einem Liegestuhl bestückt, den ich nachts, für Gäste unsichtbar, hinter dem Tresen platzierte, um zwischendurch ein kleines Nickerchen machen zu können. Sobald jemand die leicht quietschende Schwing-Eingangstüre benützte, die knarrende Holztreppe herunterkam oder mit dem Ding-Dong des Personenliftes im Foyer stoppte, war ich sofort hellwach und auf meinem Posten, sodass es eigentlich nie einem Gast auffiel, dass er mich gerade aus dem Land der Träume geholt hatte. Viele der nachts Heimkehrenden waren ja auch recht beschwingt und ihr Wahrnehmungsvermögen daher sowieso leicht getrübt.

Wir hatten viele Stammgäste, die zum Teil schon Jahrzehnte in den „Goldenen Stern" kamen, um für ein paar Tage oder Wochen dem Alltagsstress zu entfliehen. Zu den langjährigen Stammgästen unseres Hauses zählten auch zwei befreundete Ehepaare, Herr und Frau Seebach aus Wien und Herr und Frau Schmidt aus Köln. Bei der Abreise reservierten sie bereits die Zimmer wieder für das nächste Jahr, jeweils für eine Woche Mitte Februar.

Ich kannte die beiden Ehepaare nun schon seit fünfzehn Jahren - die Männer waren älter geworden, hatten Falten und graue Haare - die beiden Frauen schienen von Jahr zu Jahr jünger zu werden. Frau Seebach war im Laufe der Jahre immer blonder geworden, Frau Schmidt hatte nach einer längeren Rotphase seit ein paar Jahren tiefschwarzes Haar. Die beiden Damen zeigten wenig Falten, waren stets äußerst gepflegt, und sahen jung und frisch aus. Sobald sie auftauchten, hüllte eine Parfumwolke das Foyer ein und man „roch" die beiden sozusagen noch nach Stunden. Beide Ehepaare waren aber sehr nett, hatten auch für uns „gewöhnliche" Leute ab und zu ein nettes Wort und geizten nicht mit Trinkgeldern.

Eines Nachts hatte ich es mir nun, wie bereits beschrieben, in meinem Liegestuhl in der Portierloge bequem gemacht und schlief wohl etwas tiefer als gewöhnlich, schwelgte bereits in meinen Träumen, die mich wie schon so oft, zusammen mit dem Stubenmädchen Maria in ein lauschiges Weinlokal entführten, wo ich ihr gerade meine Liebe gestehen wollte, als mich ein lautes „Hiiiiiilfe" aus dem Schlaf riss. Ich machte die Augen auf und ... oh Gott, eine leibhaftige Hexe stand vor mir! Ein haar- und zahnloses weibliches Ungeheuer, schneeweiß im Gesicht, ohne Wimpern, ohne Augenbrauen, rüttelte an meinen Schultern und schrie weiter „Hiiiiiiiilfe." Ich stieß mit aller Kraft die Fratze von mir, bekam dabei aber Übergewicht, der Liegestuhl schnellte nach vorne und ich lag auf der Nase. Langsam wollte ich mich hochrappeln, in der Hoffnung, dass alles nur ein böser Traum gewesen war, aber da stand die Hexe bereits über mir und schrie weiter: „So helfen Sie doch, um Gottes willen, mein Mann stirbt." Und wieder rüttelte sie an meinen Schultern: „Einen Arzt, dringend einen Arzt!"

„Ja, was denn, wohin denn, wer sind Sie denn?" fragte ich die Schreiende, doch als sie nochmals: „Meinem Mann geht es schlecht" schrie, erkannte ich sie endlich an ihrer Stimme. Frau Seebach, es war Frau Seebach, die wunderschöne, alterslose Blondine hatte sich in dieses Unwesen verwandelt. Ich konnte es nicht glauben, der Schock traf mich wie eine Keule und beinahe wäre ich wieder gestürzt, besann mich aber meiner Pflichten als Hotelportier und griff mit zitternden Händen zum

Telefon, um einen Arzt zu rufen. Währenddessen lief Frau Seebach wieder in ihr Zimmer und als fünfzehn Minuten später der Arzt eintraf, begleitete ich ihn hinauf. Die Tür wurde geöffnet, von Frau Seebach, aber wie hatte sie sich verwandelt. Sie war wunderschön wie immer, aber ich wusste nun, dass nichts, aber auch gar nichts an ihr echt war: blonde Perücke, aufgeklebte falsche Wimpern und Augenbrauen, perlweiße Zahnprothese, und die gesunde Gesichtsfarbe entstammte verschiedenen Farbtiegeln und Cremetuben. Fassungslos sah ich sie an, vor einer Viertelstunde hätte sie mich beinahe zu Tode erschreckt und nun war sie wieder zu voller Schönheit erblüht und begrüßte den Arzt mit einem sorgenvollen Augenaufschlag ihrer dichtbewimperten Lider. Herr Seebach hatte einen leichten Gehirnschlag erlitten, wurde ins Spital gebracht und zwei Wochen später wieder vollkommen gesund entlassen.

So hat alles ein gutes Ende gefunden, aber die Schrecksekunden, als mich die Frau Seebach „in natura“ aus dem Schlaf holte, werde ich wohl nie vergessen und das Sprichwort, dass der Schein manchmal trügt, hat sich in diesem Fall wieder einmal bewahrheitet. Im darauf folgenden Februar waren Schmidts und Seebachs wieder auf Urlaub im „Goldenen Stern“ und das Stubenmädchen Maria, mit dem ich nun tatsächlich liiert war, konnte nicht genug schwärmen über die Schönheit der beiden Frauen, die unvergänglich zu sein schien. Die absolute Diskretion, die einen Hotelportier auszeichnet, veranlasste mich aber, mich auch gegenüber meiner Verlobten jeglichen Kommentars zu enthalten.

Eleonora Rest-Hanel

Der Hund

Der Hund, der hat der Beine vier,
beschnüffelt gerne sein Revier,
ob seine Hündin riecht vertraut,
er immer auf den Boden schaut!

Er springt so gern am Herrl rauf,
umkreiset ihn in flottem Lauf,
er läuft nach vor und auch zurück,
das „Gassi-gehn“ ist halt sein Glück!

So manchen Menschen ist’s gegeben,
man sagt: „Er führt ein Hundeleben!“
Doch mancher hat oft einen Grund,
er sagt: „Ich bin ein armer Hund"“

So lieb kann’s Hundebaby sein,
doch manche sich nur kurz dran freu’n,
das arme Tier, man setzt es aus,
für Tierfreunde ist dies ein Graus!

Drum sag dem Hund auch deinen Dank,
er ist dein Freund ein Leben lang,
steht ehrlich trauernd dann am Grab,
er sahnt nicht wie die Erben ab!

Sei Freund dem Hund, der gut es meint,
und bleibe stets mit ihm vereint,
du bist nie einsam, nicht allein,
der Hund wird immer treu dir sein!

Zwei Beine

Zwei Beine dich an vielen Tagen
an schöne Orte immer tragen,
doch siehst du es sehr lange Zeit,
dann nur als Selbstverständlichkeit!

Und Eines, ja das sag ich noch,
wenn du noch klein, fällst du nicht hoch,
du weinst und stehst bald wieder auf,
herum geht es in flottem Lauf!

Wie wenn man große Flügel hätte,
mit andern läufst du um die Wette,
wenn sich Gewitterwolken türmen,
schön ist's, Berggipfel zu erstürmen!

Ob nur am Strand, auf Bergeshöhn,
du kannst voll Freude um dich sehn,
das Leben hat so einen Sinn,
die Beine tragen dich dorthin!

Doch viele sitzen arm im Haus,
sie woll'n in die Natur hinaus,
jedoch kein Autofahrer denkt,
dass er den Kranken Glück gern schenkt!

Im Auto sitzen dann nur zwei,
und hinten sind zwei Plätze frei.
Denk an den Nachbarn, der allein,
er möchte auch gern fröhlich sein!

O hätte jeder doch vier Räder,
die Welt erobern könnte jeder,
da hätte man nicht Hausarrest,
das Leben wär wieder ein Fest!

Drum Mensch, o nütze diese Zeit,
wo deine Beine gehbereit,
es kann bald sein, sie werden krank,
dann bist im Haus, die Zeit wird lang!

Abschuss!

Ich mach mich gerne auf die Hatz,
voll Freude schieß auf Hund und Katz,
es steht sich auch für mich dafür,
ich schieß ein schönes Ententier,
auch wenn ich seh den schönen Schwan,
pirsch ich mich leis an ihn heran,
und ich, ich sage es vor allen,
die Tiere mir sehr gut gefallen.
Ihr Leute, seid doch nicht entsetzt,
die Tiere werden nicht verletzt,
wenn ich aufs Schießen bin so wild.
Das Herrchen, Frauchen kriegt ein Bild,
und es ist für mich riesig fein,
kleb Bilder in mein Album rein
und schreib dazu auch ein Gedicht,
bin glücklich, und mehr brauch ich nicht!
Kein Blitzlicht hat er, ist brav da,
mein alter Foto-Opapa.
Ich kenne mich bei ihm schon aus,
und kommt ein Tierfreund in mein Haus,
so kann bestimmt ich sicher sein,
ins Album schaut auch er hinein.
Läuft mir eine Tier so übern Weg,
ich schieß es ab zu diesem Zweck.
Erinnerung ist aufbewahrt,
wenn Leben öd und Zeiten hart!

Maikäfer!

Maikäfer ist Kinderzeit!
Der Gedanke daran mich erfreut.
Ich nahm ihn in die Schule gleich
- für mich war es ein lieber Streich -
er flog in der Klasse wild herum,
glaub auch, mit deutlichem Gebrumm.
Die Lehrerin macht ein Fenster auf,
er flog sofort zum Baum hinauf.
Die Antwort würde ich verfehlen,
die Beine, die konnt ich nicht zählen.
Es fällt mir dazu noch was ein,
er war ja braun und klein!

Der Mensch hat die Natur verdorben,
der Maikäfer ist fast ausgestorben,
sah einen nur in diesem Jahr,
er für mich damals lustig war:
Du kleiner Kerl, ich denk daran,
Maikäfer, man dich lieben kann.

Und im Vertrau'n gesagt es sei,
Geburtstag hatte er im Mai!
Keinen Lieberen es für mich gibt,
den Maikäfer hab ich geliebt:

Es ist mein Mann, den ich hier meine.
Zum Thema: er hatte nur zwei Beine,
ich fühlte mich sehr wohl dabei,
bin Maikäfer ja auch im Mai.

Unfallgefährdete Radfahrer oder Zehn kleine Radler

Zehn Radfahrer fuhren froh dahin
und glücklich war der Menschen Sinn …
bis dass ein großer Laster kam
und einen gleich mit sich dann nahm.

Neun Radfahrer auf der Straßen,
einer hat nicht richten lassen
das Licht - er wurde nicht gesehn,
schon war es um ihn geschehn!

Acht Radfahrer, naseweiß,
fuhren weg bei glattem Eis,
einer brach sich sein Genick
und zu End' war sein Geschick!

Sieben Radler tranken Bier,
jeder so der Krügel vier,
lustig waren sie und laut,
Unfall wurde dann gebaut!

Jetzt war'n es der Radler sechs,
einer erblickt die flotte Hex,
Busen sah er und ein Bein,
fuhr dann in ein Auto rein!

Fünfe fuhren durch das Land,
den Blick auf die Natur gewandt,
einer fuhr auf einen Stein,
trauernd gruben sie ihn ein!

Der Radler waren nur mehr vier,
da war ein Räubertrio stier,
die Radler flüchten nicht so flott,
einer ward erschlagen - tot!

Drei - sie waren nicht mehr heiter -
fuhren auf der Straße weiter,
grün war es nicht, es war rot,
wieder war ein Radler tot!

Jetzt, waren es nur mehr zwei,
ein Reifen platzte - Pech dabei.
Der Letzte einen Nagel fand,
der dann ganz ratlos dabei stand!

Wohin soll nun die Reise gehen?
Es sollten sein der Radler zehn.
Jetzt stand er da ganz allein -
melden sollten sich doch neun!

Lieselotte Ruprich

Die Warze

Vorsichtig hatte Baffi (der Affe), wie er es in letzter Zeit gewohnt war, das Haar aus meiner Stirne gestrichen. Doch - was war da los? Dort, wo gestern noch ein interessantes Etwas sich erhoben hatte, gähnte eine uninteressante glatte Ebene ihm entgegen. Ein verwundertes, ja, enttäuschtes Gesichtchen sah ich da vor mir. Tag für Tag hatte er, seitdem er die noch kleine Unebenheit am Haaransatz entdeckt hatte, das Wachstum der sich bildenden Warze überwacht, sie war größer und größer geworden. Mit zarten Händchen hatte Baffi immer wieder befühlt, wie sie sich wandelte. Und jetzt - weg war sie - unerklärlich. Kontrolluntersuchungen an darauf folgenden Tagen brachten keine neuen Erkenntnisse. Schließlich betrachtete er die Sache als abgeschlossen und legte sie ad acta. Nun wurden zwangsläufig wieder Zippverschlüsse und Hosentaschen interessanter als meine Stirne.

Wilhelm Ruprich

Das Tier von Nahmir hüpft herbei -
legt stumm in meinen Schoß ein Ei -
es wünscht, dass ich das Ei behüte,
nahmirmanierlich darauf brüte,
auf dass im Ei sich langsam, milde,
ein neues Tier von Nahmir bilde -
beschützt vor allem lauernd Bösen -
aus seiner Schale sich zu lösen -
uns allen gleich - als Lebewesen.

Gunther Swoboda

Die Dreifüßler

Wie Sie wissen, liebten die Griechen, Römer und andere historische Völker, Gegenstände und wichtige Begriffe des Lebens durch Götter oder Halbgötter zu vermenschlichen: Das Meer durch Neptun, die Sterne durch Jupiter, Merkur, den Krieg durch Mars, die Liebe durch Venus usw.

Sizilien hat die Form eines Dreiecks. Als die Griechen Sizilien bevölkerten, stellten sie die Insel durch die dreibeinige Halbgöttin „Sicilia" dar. Zu jeder Ecke der Insel (im Norden, Süden und Westen) erstreckt sich von der Mitte aus ein Gebirge. Das sind die drei Füße der Halbgöttin. Das Gorgonenhaupt, das zwischen den Beinen liegt, symbolisiert die fruchtbaren Landschaften der Insel, die ihre Bewohner mit Nahrung versorgen, und ist zugleich die Schutzgöttin der Insel.

Gibt es noch andere Dreifüßler? In der heutigen Tierwelt nicht, so viel ich weiß. Aber Halt! Es gab sie einst, obwohl das dritte Bein etwas komisch war: Die berühmten Dinosaurier. Sie benützten ihren groß gewachsenen Schwanz gemeinsam mit ihren beiden halbwegs normal gebauten Beinen zur Fortbewegung. Diese Saurier machen bekanntlich auf Kinder einen großen Eindruck, weil sie deren Fantasie so anregen.

Es scheint so, als wären Dreifüßler nur Fabelwesen und ausgestorbene Tiere. Zum Glück gibt es Gegenstände aus Menschenhand, die auf drei Beinen stehen. Man nennt diese sogar „Füße"! Der berühmteste Dreifüßler ist das Klavier. Was wäre die Musik ohne ihre edelsten Instrumente, die Klaviere!

Ein anderes Beispiel: Auf der Terrasse unserer Wohnung steht ein Tisch mit drei Füßen. Denn drei Beine genügen, um einen Körper stabil zu halten, dessen Schwerpunkt oberhalb der Grundfläche der drei Füße liegt. Der Dreifüßler hat sogar gegenüber dem Vierfüßler den Vorteil, dass der Fußboden nicht ganz eben sein muss, damit er fest steht. Ein Tisch mit vier Beinen wackelt, wenn er keinen völlig ebenen Fußboden hat.

Sind Vierfüßler oder andere Mehr-Füßler stabiler als Dreifüßler? Ich möchte ein bisschen meine Fantasie spielen lassen, um diese Frage zu beantworten. Kommen Sie bitte mit mir ins Reich der Darstellenden Geometrie und der Physik: Einen Körper mit drei Füßen kann man auch mit einer Pyramide gleich setzen, die ein Dreieck als Grundfläche und drei Dreiecke als Seitenflächen hat. Am besten kann man sich das vorstellen, wenn die Kanten aller dieser (vier) Dreiecke gleich lang sind. Und jetzt machen wir aus dieser Pyramide ein Dreibein mit gleichem Gewicht wie die Pyramide. Da müssen wir in der Mitte der Pyramide (im Schwerpunkt) eine schwere Metallkugel hineinsetzen, drei Metallstäbe zu den drei unteren Eckpunkten am Fußboden und einen Metallstab zur Spitze. Damit das ganze Ding halbwegs ein Aussehen hat, setzen wir am Ende der Stäbe jeweils eine kleine Kugel hin. Dann hat der Ersatzkörper der Pyramide die gleichen physikalischen Eigenschaften wie sie, aber ein durchaus anschauliches Aussehen: Die schwere Kugel ist der Körper, die drei Stäbe nach unten sind die Beine, die kleinen Kugeln die Füße, der Stab nach oben ist der Hals und die obere kleine Kugel der Kopf! Gefällt Ihnen das, ein Dreifüßler mit einem Kopf?

Nun machen wir das gleiche Experiment mit einem Körper, der aus gleichseitigen Vierecken besteht, dem Würfel. Können Sie sich das vorstellen? In der Mitte (dem Schwerpunkt des Würfels) eine schwere Kugel, von der acht Stäbe zu den Ecken des Würfels führen, und an deren Enden die insgesamt acht Kugeln. Wie schaut der Würfel aus? Er hat vier Beine und Füße, auch vier Arme und Hände, aber keinen Kopf, der arme Kerl!

In der Physik gibt es noch einen dritten Körper mit gleich langen Kanten, den berühmten „Pentagon-Dodekaeder". Dieser Körper hat ein Fünfeck mit gleich langen Seiten als Grundfläche. Daran schließen sich schräg nach oben außen fünf gleich große Fünfecke an und an diese wiederum weitere fünf Fünfecke nach oben innen. Diese werden oben durch ein gleiches Fünfeck abgeschlossen, das sozusagen das Dach des geometrischen Körpers bildet. Insgesamt besitzt er somit zwölf Fünfecke mit zwanzig Eckpunkten! - Jetzt setzen wir wieder die schwere Kugel in den Schwerpunkt des Pentagon-Dodekaeders, fünf Stäbe und Kugeln nach unten, zehn Stäbe mit Kugeln in der Mitte und fünf Stäbe mit Kugeln nach oben. Das Ding hat fünf Beine und Füße, zehn Arme und Hände und fünf Hälse und Köpfe, fürwahr ein Monstrum!

Warum habe ich dieses Experiment gemacht? Nicht als Spielerei, sondern um, wie erwähnt, die Stabilität dieser Körper zu vergleichen: Das Monstrum, der Pentagon-Dodekaeder, lässt sich (mit seinen um 60

Winkelgrade gegen einander geneigten Flächen) am leichtesten von einer Fläche auf die andere umlegen (oder rollen). Beim Würfel geht es schon schwerer. Dessen Flächen sind 90 Grad gegeneinander geneigt. Aber am allerschwersten geht das bei der dreiseitigen Pyramide, deren Flächen um 120 Winkelgrade gegeneinander geneigt sind. Der Dreifüßler, namens „Tetraeder“, ist somit der stabilste und damit der König unter diesen geometrischen Körpern!

Damit habe ich wohl bewiesen, dass Dreifüßler nicht nur sehr stabil sind, sondern dass sie auch die Fantasie anregten und anregen: Bei den alten Griechen, Kindern, Musikern, Tischlern und sogar bei mir.

Elisabeth Schöffl-Pöll

Der Papageifisch

Thom und Tina genießen ihre Urlaubsreise auf Lanzarote, der östlichsten und niedrigsten der Kanarischen Inseln. Sie lustwandeln nun schon eine Woche in der Haupt- und Hafenstadt Arrecife. Thom, wohlbeleibt, ein echter Wiener Heurigenbesucher, der nicht untergehen will, zumindest, was das leibliche Wohl anlangt, hat nur ein Ziel im Auge: Er schwärmt seit Jugendtagen von einem Papageifisch, den er sich hier auf Lanzarote genehmigen wird: ein ganzer, ungeteilter Fisch, sechzig Zentimeter lang, für sich alleine. Ein Traumgenuss, wie ihn seine Freunde beschrieben, die auf Lanzarote Urlaub gemacht hatten.

Im Geist sieht sich Thom bereits an einem hübsch gedeckten Tisch in einem ansprechenden Hafenlokal sitzen, mit Wohlgefühl einen gegrillten, olivenöltriefenden Papageifisch verzehrend, dazu passender Wein erlesener Qualität. Da weder Thom noch Tina Spanisch sprechen, ist es ihnen bisher nirgends gelungen, ihren Wunsch verständlich auszudrücken. Immer wieder bringt man ihnen trotz entsprechender Mimik und Gestik lediglich portionierten Fisch. Thom will aber seinen Wunsch verwirklicht sehen, nämlich einen Papageifisch im Ganzen. Die Preise sind niedrig, er kann sich den Fisch leisten. Thom lechzt danach, er spricht seit einer Woche kaum noch von anderem. Das Spiel jedoch wiederholt sich von Mahlzeit zu Mahlzeit. Das Ergebnis - jedes Mal das gleiche - man serviert Portionen. Thom weist mit dem Zeigefinger auf Abbildungen an der Fensterscheibe, die einen Korallen fressenden Seepapagei in schillernder Pracht zeigen, mit schnabelartigem Kiefer und breiten Schlundzähnen. Thom redet mit Händen und Füßen. Das Ergebnis: Portionen.

Er gerät allmählich in Wut, in Raserei. Tina genießt die Urlaubsreise nicht mehr. Schließlich siegt über alle Gefühle der Ärger über seinen und seiner Begleiterin Mangel an Fremdsprachenkenntnissen.

In einem entzückenden Hafenlokal spricht der Inhaber gebrochenes Deutsch. Thom ist glücklich, erzählt von seinem großen Wunsch und den bisher gescheiterten Versuchen. Der Gastronom hört sich die Geschichten einfühlsam an, nickt verständnisvoll, klopft Thom freundschaftlich auf die

Schulter und zieht ihn in einen Kühlraum, in dem sich ein Aquarium befindet, in welchem stattliche Papageifische schwimmen. Thom zeigt auf einen sechzig Zentimeter langen Fisch, den er auf seinem Teller haben wolle, selbstverständlich im Ganzen. Diensteifrig nickt der Lokalbesitzer.

Thom wartet beim sauber gedeckten Tisch, das Wasser rinnt ihm im Mund zusammen, da kommt der Kellner mit dem Serviertablett, auf dem zwei Teller mit Fischstücken thronen - zugegebenermaßen hübsch garniert - vom Papageifisch!

Lob dem Müßiggang

Als wir unseren Garten besäten und bepflanzten, wie viel Freude hatte ich doch an den ersten zaghaften Gewächsen! Ich vergaß mich über der Pflege der Samensprösslinge. Nachbars Garten durfte nicht schöner sein.

Kein Fläumchen sollte den jungen Rasen verunzieren. Und wollte gar ein Löwenzahn sich zu den sterilen Gräsern gesellen, wie schnell war ich dann mit dem eiskalten Strahl der Giftmischung zur Stelle. Die Pflanzen auf den Böschungen standen unter meiner Kuratel und mussten strammstehen wie Soldaten. Und allherbstlich kam der General und versetzte sie nach seinem Willen just an die für ihn richtige Stelle. Jeder Blattlaus wurde der Kampf angesagt. Und hatte ein Unkrautsame bloß gekeimt, flugs drohte schon die scharfe Harkenkante über ihm.

Jahre waren vergangen, Interessen gesellten sich zu den schon vorhandenen, Kräfte ließen nach, die Zeit wurde mir knapp für Gartenpflege. Samenflüchtlinge wanderten ein und fanden neue Heimat in unserem Garten. Gänseblümchen und Löwenzahn bildeten ein weiß-goldenes Strahlenmeer. Samen suchten sich auf den Böschungen Keimplätze dort, wo sie es für richtig fanden. Büsche krochen ineinander wie Verliebte. Blattläuse drängten sich um Blütenstängel und boten Ameisen Nahrung feil. Brennnesseln wanderten in die Salatschüssel. Rotschwänzchen baute ein Nest für seine Familie in der Veranda. Amseln nisteten im Gebüsch und Eichhörnchen wohnten in der Holzverschalung oberhalb der Terrassentür. Später spielten sie Fangen mit ihren Jungen, die Außenmauer hoch und nieder. Unsere Hauskröte nahe der Vogeltränke genoss die illustre

Gesellschaft, wenn unser schwarzer Eichhornliebling die Nussmahlzeit in seiner Nähe einnahm. Nachbars Katze suchte sich als Gebärstätte einen Sonnenplatz auf unserem gepolsterten Gartensessel, und wir durften Geburtshelfer spielen.

Aus einem gepflegten Mustergarten ist mittlerweile ein kleiner Urwald geworden, mein liebstes Gartengerät ist der Liegestuhl, und mit den Sinnen sauge ich das wandelbare Treiben der Natur ein, das täglich Wunder birgt.

Freiheit

Mensch sein ohne Geld
Mensch sein ohne Auto
Mensch sein ohne Macht
Mensch sein ohne Titel
Mensch sein ohne große Worte
Mensch sein sogar ohne Gesundheit

Einfach Mensch sein
einfach
sein

Elfriede Thiel

Der wählerische Bücherwurm

„Meine Güte, ist das eine Quälerei“, jammerte der Bücherwurm, als er sich durch den harten Einbanddeckel des dicken Buches durchgefressen hatte. „Glaubt mir“, keuchte er, „ich habe es wahrhaftig verdient, dass ich aus dem Mief endlich wieder an die Luft komme.“ Er krümmte sich und musste dreimal fürchterlich niesen. Rasch riss er ein Blatt aus dem Buch und putzte sich damit die Nase, denn er wusste als belesener Bücherwurm, was sich gehört.

Und dann erzählte er: „Ihr könnt euch nicht vorstellen, was mir passiert ist. Ich wollte ein Buch mit spannenden Geschichten lesen und habe mich mühsam bis in die Mitte der vielen Seiten durchgeknabbert. Aber dann merkte ich endlich, dass ich in einem Duden gelandet war. Das ist so ein Wälzer für Rechtschreibung. Die meisten Leute wissen nämlich nicht genau, wie sie zum Beispiel Rhododendron oder Rhythmus schreiben sollen. Dann schlagen sie nach, bis sie zu dem Buchstaben ‚R’ kommen, und da steht dann, wie es richtig geschrieben wird. Na ja, Wörter wie Rhododendron oder Rhythmus kommen ja nicht jeden Tag vor. Dafür gibt es viele andere schwierige Wörter. Aber ich wollte gar nicht richtig schreiben lernen, lieber ein schönes Märchen lesen. So habe ich vorne beim ersten Buchstaben, also beim ‚A’ angefangen. Bis zum Buchstaben ‚F’ bin ich gekommen, aber dann hatte ich die Nase endgültig voll, habe mich umgedreht und bin zurückgekrabbelt. Ach, sagt mal selbst, bin ich nicht ein armes, geplagtes Würmchen?“

Nachdem sich der Bücherwurm etwas erholt hatte, schaute er sich in dem Bücherregal um und entdeckte ein buntes Heft mit dem Titel „Asterix und die Römer“.

„Oh, Asterix und Obelix kenne ich. Das sind lauter lustige Figuren mit Sprechblasen. Die will ich als Nächstes durchblättern.“ Darauf holte der Bücherwurm tief Luft und kroch lesehungrig in das Comic-Heft hinein.

Das kleine Küken

„Meine Güte, war das anstrengend“, piepste das kleine Küken. Es hatte sich gerade durch die harte Eierschale ins Leben gepickt und musste nun erst einmal kräftig Luft holen. Es streifte noch ein Stückchen Schale von seinem Schnabel ab und sah sich neugierig um. Da lagen noch einige andere Eier im Nest, offensichtlich war es als Erstes ausgeschlüpft. Nun gut, dann würde man eben ein wenig warten, bis die Geschwister alle da wären und man zusammen spielen könnte. Zunächst entdeckte das Küken auf einem Misthaufen den Hahn, der gerade seine Stimmübung machte, bevor er laut krähte.

„Guten Morgen, Papa“, sagte das Küken artig, „hast du gut geschlafen?“

„Keineswegs“, meinte der Gockel, „ich muss immer nach dem Morgengrauen schauen, damit ich die Leute rechtzeitig wecke. Also lass mich in Ruhe.“ Damit setzte er sich in Positur, reckte seinen Hals und fing laut an zu krähen.

Das Küken trippelte um den Misthaufen herum und blieb erschrocken stehen. Vor ihm auf dem Hof war ein tolles Durcheinander. Überall hörte man das aufgeregte Gackern und Flattern seiner älteren Geschwister. Dann wäre es fast unter die Hufe eines Pferdes gekommen, das mit dem Knecht aus dem Stall kam. Hinter ihm hechelte ein großer Bernhardiner heran und direkt vor ihm meckerte lauthals eine Ziege. Der Alltag auf dem Hof hatte begonnen. Das passte dem kleinen Küken überhaupt nicht und es hetzte ängstlich zu seinem Nest zurück. Die anderen Eier lagen noch immer an ihrer Stelle. Es fand seine geöffnete Schale und setzte sich hinein, um in Ruhe nachzudenken. Gerade überlegte es, ob das Huhn oder das Ei wohl zuerst da war, als die Mama Henne von ihrer Futtersuche zurückkam und sich wieder auf ihr Gelege setzte.

„Moment mal, du erdrückst mich ja“, piepste das Küken und schlüpfte unter dem Federkleid der Mama hervor.

„Ach du bist schon da“, gackerte die Henne erstaunt, „ich habe dich erst heute Abend erwartet.“

„Kann ich meine Eierschale wieder haben“, bat das Küken, „ich muss dringend nachdenken.“

„Worüber?“ wollte die Mutter wissen und schubste ihm die Schale zu.

„Darüber, ob zuerst das Ei oder die Henne da war.“

„Daran haben schon die klügsten Menschen herumgerätselt, aber ohne Ergebnis“, gurrte die Mama.

„Dann ist es höchste Zeit, dass wir's erfahren“, sagte das Küken, kuschelte sich in seine Schale und machte sich weiter Gedanken.

Leider werden wir das Ergebnis nie erfahren. Unser Küken wurde nämlich durch das Schlüpfen seiner Geschwister aus den übrigen Eiern abgelenkt. So muss die Frage weiterhin ungelöst bleiben.

Edgar Vogelsang

Der Mittelstreckenläufer - das unbekannte Wesen

Für die meisten Leute ist Laufen gleichbedeutend mit Langstreckenlauf - egal, ob sie diese Sportart selbst ausüben oder nicht. Dass es daneben auch den Kurzstreckenlauf (vulgo Sprint) gibt, ist dennoch eine weithin bekannte Tatsache und auf die Frage nach dem Weltrekord über 100 Meter erhält man zumeist durchaus realistische Antworten. Mit dem Terminus „Mittelstreckenlauf" weiß jedoch kaum jemand etwas anzufangen.

Aufgrund dieser Tatsache entwickelt sich, wenn ich in einem Gespräch erkläre, dass ich den Laufsport wettkampfmäßig ausübe, häufig folgender typischer Dialog, beginnend mit der an mich gerichteten Frage: „Aha, und was läufst du? Marathon?" - „Nein, viel kürzer. Mittelstrecke!" - „Aha, also 10.000 Meter und so?" - „Nein, Mittelstrecke, das sind die Distanzen zwischen Kurz- und Langstrecke, das bewegt sich zwischen 800 und 1.500 Metern." Wenn ich nach diesen Worten bei meinem Gesprächspartner noch Verständnis beziehungsweise Interesse für das Thema wahrzunehmen vermeine, fahre ich fort: „Das wird auf der Bahn gelaufen und spielt sich im Bereich von einigen Minuten ab."

Ich erwäge, in Hinkunft derlei Gespräche zeitökonomischer zu gestalten und sofort, nachdem ich mich als Mittelstreckenläufer geoutet habe, zu erklären, was es damit auf sich hat, um die vorgenannten und ähnlichen Fragen schon im Keim zu ersticken.

Wie sieht nun das Dasein eines Mittelstreckenläufers in praxi aus? Auf jeden Fall nicht so eintönig wie Nichtläufer es vermuten mögen, denn unser Training ist verglichen mit anderen Laufdisziplinen das an Abwechslung reichste. Wir benötigen Schnelligkeit ebenso wie Ausdauer und arbeiten an der Weiterentwicklung dieser Eigenschaften in vielen unterschiedlichen Variationen. Eine signifikante Verbesserung ist nämlich nur dann zu erwarten, wenn man die Belastungen wechselt. Tag für Tag dasselbe Programm abzuspulen mag zwar ein hohes Maß an Konsequenz demonstrieren, lässt aber die Leistungssteigerung sehr bald stagnieren.

Ein Dauerlauf zur Förderung der Ausdauer kann bei uns somit 25 km bei niedriger oder auch 4 km bei höchster Intensität bedeuten. Genau so weit ist das Spektrum des Schnelligkeitstrainings, das sich von Sprints über wenige Meter (wobei es um die Beschleunigung beim Start geht) bis zu solchen über 200 Meter erstreckt.

Die spezifische Eigenschaft, die einen guten Mittelstreckenläufer auszeichnet, ist aber die so genannte Schnelligkeitsausdauer. Darunter hat man die Fähigkeit zu verstehen, ein hohes, weit über dem eines Langstreckenlaufes gelegenes Lauftempo möglichst lange zu halten bzw. nicht zu stark daran zu verlieren, obwohl die Muskulatur schon erheblich übersäuert ist und sich diese Übersäuerung mit jedem Schritt noch steigert. Dieser Zustand tritt dann ein, wenn man so schnell läuft, dass der vorhandene Sauerstoff nicht ausreicht, um die Glukose, die den Muskelzellen Energie liefert, vollständig abzubauen und als Abfallprodukt erhebliche Mengen an Milchsäure entstehen, auch unter der Bezeichnung „Laktat" bekannt und berüchtigt, und dadurch die Muskelkapazität stark beeinträchtigt wird.

Wer jetzt den Verdacht hegt, dass Laufen im übersäuerten Zustand mit unangenehmen körperlichen Empfindungen einhergeht, der hegt zu Recht. In der Tat hat man bei einem couragierten Mittelstreckenlauf nach etwa drei Viertel der Distanz das Gefühl, als würde sich in den Oberschenkeln der Urknall wiederholen und dort ein rasant expandierendes Universum an Schmerz erregendem und lähmendem Laktat entstehen lassen. Hoffnungen, für das letzte Viertel wegen besonderer Laufästhetik oder eines auffallend heiteren Gesichtsausdruckes ausgezeichnet zu werden, erfüllen sich daher nur selten.

Die Schnelligkeitsausdauer zu trainieren gehört meines Erachtens mit zum Härtesten, was der Leistungssport zu bieten hat. Die bei einer solchen Trainingseinheit zu laufende Distanz ist zwar niedrig, dennoch können auch am strahlendsten Sommertag dunkle Sorgenwolken das Gemüt verfinstern, wenn man weiß, dass einen am Abend ein Programm erwartet, das da lautet: 4 mal 400 Meter oder 600 Meter - 500 Meter - 400 Meter, erster Lauf maximal, die anderen submaximal.

Wir wollen uns nun der Frage widmen, wer dem Mittelstreckler das Leben schwer macht (abgesehen von ihm selbst, weil er sich die Sache ja selbst eingebrockt hat). Weithin bekannt ist, dass der natürliche Feind des Läufers der Hund ist. Dies hat seinen Ursprung darin, dass frei laufende Hunde dazu neigen, sich frei laufenden Menschen mit erhöhter Geschwindigkeit und lautem Gekläffe zu nähern und ihnen den Weg zu versperren, wobei unangenehmerweise oft nicht erkennbar ist, ob es der Spiel- oder der Jagdtrieb ist, der sie dazu veranlasst. Die Hundeproblematik ist natürlich auch dem Mittelstreckenläufer wohl bekannt, so er seine Dauerläufe auf der Straße oder im Gelände verrichtet, doch wird er noch von einer weiteren hierzulande heimischen Spezies bedroht, nämlich dem Fußballer.

Wenn Mittelstreckler ihr Training auf der Bahn absolvieren, tun Fußballer dies oft zeitgleich auf dem von der Laufbahn eingeschlossenen Fußballfeld. Solange Läufer und Fußballer bzw. Fußbälle dabei jeweils auf dem ihnen zugewiesenen Territorium verbleiben, ist das friedliche Miteinander nicht gefährdet. Es scheint jedoch in der Natur der zahlenmäßig weit überlegenen Fußballer, vor allem der jüngeren Exemplare, zu liegen, die Laufbahn gerade dort zu queren, wo unsereins auf selbiger mit einem veritablen Karacho, wie der Volksmund sagt, unterwegs ist. Auch ist es eine Eigenart jener nicht gerade im Einsatz befindlichen Fußballer („Fußballer" ist hier im weiteren Sinn zu verstehen und inkludiert auch Trainer und Zuschauer), sich auf der von uns am meisten frequentierten Innenbahn aufzuhalten. Unsere ohnehin schon harten Läufe erhalten somit noch zusätzlich den Touch eines Survival-Trainings, wenn wir danach trachten müssen, Kollisionen mit Fußballern und deren Bällen zu vermeiden.

Das oben Ausgeführte mag dem uneingeweihten Leser zwar das Wesen des Mittelstreckenlaufs im Grundsatz veranschaulicht haben. Es wird ihm aber nicht die Frage beantworten, warum sich Menschen aus freien Stücken diesen Torturen aussetzen, wo doch zur Genüge andere Sportarten zur Auswahl stehen, deren Ausübung nicht zwangsläufig körperlichen Schmerz verursacht.

Nun, der Wunsch nach Ruhm und Ehr kann das Motiv nicht sein. Die Zuschauerpräsenz bei unseren Wettkämpfen ist meist spärlich und auch in den Medien finden unsere heroischen Leistungen nur kurze oder gar keine Erwähnung, während etwa über Fußballspiele, auch der unteren Spielklassen, ausführlichst berichtet wird (was ich keinesfalls despektierlich verstanden wissen will!). Auch ist nicht das Streben nach Gesundheit und attraktivem Äußeren Anlass unseres Tuns, denn dies kann man einfacher und schmerzfreier erlangen.

Als den häufigsten Beweggrund sehe ich den dem Menschen ganz allgemein innewohnenden Trieb nach Entwicklung, der sich bekanntlich in unendlich vielen Erscheinungsformen manifestiert. Mich und meinesgleichen hat die Natur bzw. die hinter ihr stehende Intelligenz mit schnellen Beinen beschenkt und so lautet unser Bestreben, bestimmte Distanzen immer schneller zu bewältigen. Daraus ergibt sich auch ein weiterer Aspekt, der unseren Sport für mich so attraktiv macht: er ist ehrlich! Die Aufgabenstellung ist für alle gleich, die Leistung ist objektiv messbar, gut wird nur der, der hart an sich arbeitet, sich auf des Gegners Glück oder das eigene Pech hinaus zu reden, ist selten angebracht. Und durch die spezielle Härte, die den Mittelstreckenlauf kennzeichnet, kann er auch dazu beitragen, dass Charakterzüge wie Selbstüberwindung, Selbstdisziplin, Konsequenz und Selbstvertrauen entwickelt oder gestärkt werden, was auch in dem weit wichtigeren Leben abseits der Laufbahn von Nutzen ist.

Lebenswege

Die Füße sind es, auf denen wir unseren Lebensweg beschreiten. Die Richtung des Weges bestimmen aber weiter oben gelegene Körperpartien. Bei vielen ist es das, was in mittlerer Höhe in Hose oder Rock steckt, andere treibt das pulsierende Organ in der Brust, wiederum andere verlassen sich nur auf die zwischen den Ohren befindliche Region. Den Lebensweg des Weisen und Zufriedenen gehen aber nur die Füße desjenigen, der die Botschaften von Herz und Kopf gleichberechtigt zu verbinden versteht.

* * *

Isidor sah eine holde Maid am Ufer sitzen,
sogleich beschloss er zu ihr hin zu flitzen.
Liebestrunken verlor er über seine Füße die Kontrolle
und begab sich in den See mit einer Vorwärtsrolle.
Die Maid ließ den nassen Tölpel abblitzen.

* * *

Leugnen hilft nur kurz.
Was wahr ist kommt doch ans Licht.
Oft nur Schritt um Schritt.
Wahrheit hat lange Beine.
Die der Lüge sind stets kurz.

* * *

Elfriede Weihs-Zuccato

Fido - durch den Verstand des Hundes besteht die Welt

„Wollen Sie nicht lieber hier bei uns bleiben und übernachten? Weil Sie doch morgen wiederkommen wollen und das Kinderl baden. Mit Ihrer Kunst ist es gelungen, dass es ein so schöner Bub geworden ist und Mutter und Kind wohlauf. - Wo wir doch heute geschlossen haben ist Platz genug!“ - sagte der Gastwirt, und es sollte ein guter Rat sein, denn noch einer sah höchst misstrauisch aus der Gaststubentür hinaus: der Hund Fido.

Er beobachtete sein Frauerl, wie es sein Hebammenbesteck in die Tasche räumte und diese verschloss. ‚Es geht nach Hause’, dachte er, ‚obwohl es finster geworden ist, nach diesem langen, langen Tag. Wie gut, dass ich einfach überall markiert hab am Herweg.’ -

„Noch einmal - bleiben’s da - Madame. Es wird heute noch schneiblert!“ meinte der Mann, und man sah, es war ihm ernst.

Wenn er die Ansprache „Madame“ gebrauchte, so meinte er damit nicht eine vornehme Dame, die in einer Kutsche vorfuhr. Das wäre damals - in den Zwanzigerjahren des zwanzigsten Jahrhunderts - ja noch möglich gewesen - es war der Arbeitstitel für die gut ausgebildete Hebamme, die am Land oft den Arzt ersetzen musste.

„Bleiben’s bei uns in Streifing, nach Niederkreuzstetten ist es wirklich unsicher in der Finstern!“

„Die junge Perschlin erwartet ihr erstes Kind und ich sollt schon bei ihr sein. Kann nit dableiben, sie wart auf mich.“

„Dann vielen Dank!“ Er drückte ihr eine Stalllaterne, in der schon Licht brannte, in die Hand. „Hoffentlich finden’s den rechten Weg. Der Hohlweg hinunter in ihr Dorf ist verschneit und verweht. Aber oben, schon mehr im Wald, geht ein Pfad. Vielleicht kommen’s dort durch. Auf ein glückliches Wiedersehen!“

„Hab ja den Fido mit, der passt auf mich auf“, und sie schirrte ihn an.

Fido dachte, wie gut ihm die frische Blunzen geschmeckt hatte und dass er davon klugerweise nichts übrig gelassen hatte. Er zog sein Frauerl munter vorwärts. Neben dem Hohlweg im Wald waren sie ja auch hergekommen. Jedoch die Madame trug schwer, die Laterne, ihre Hebammentasche und den erstklassigen Eigenbau besten Weines vom Gastwirt. Sie rutschte durch das Akaziengehölz und das Schlehdorngestrüpp tief in den Hohlweg. Fido wurde mitgerissen. Ihr dicker schafwollener Wetterfleck hatte die Frau geschützt, aber Fido blutete und Dornen steckten in seinem schmalen Körper. Es schmerzte stark als sie das Frauerl herauszog und Jod darauf gab.

„Die sind giftig", sagte sie. „Es muss sein, und wenn du noch soviel bellst, hier hört uns keiner. Hör gut zu", sie streichelte den kleinen. Foxterrier mit den braunen und schwarzen Flecken bis er sich beruhigt hatte. „Hör gut zu, sag meinem Sohn, dem Herrl, das dich so gern hat, da bin ich und kann nicht heraus. Lauf Fido!" Dann hob sie das leichte Tier hinauf auf den schmalen Pfad.

Sie sann: Hoffentlich hat er mich verstanden und hoffentlich findet er den rechten Weg. Er ist ein echter Foxl mit einem langen Stammbaum, ich hab ihn von dem Glockengießer Funder bekommen, und meine ganze Familie hat ihn von klein auf sehr geliebt. Auch mein Gatte, den hat er auch auf Italienisch verstanden. Mein Gatte hat einen Satz gewusst aus einer alten Religion: „Durch den Verstand des Hundes besteht die Welt." Er hat ihn mir manchmal gesagt - auf Italienisch natürlich.

Das ging ihr alles durch den Sinn - und sie bemühte sich, ja nicht einzuschlafen. Das Diplom über ihrem Nachtkästchen - festlich eingerahmt, denn es war von der Universitätsklinik in Wien -, hatte sie nur errungen, weil sie in Müglitz, ihrer Heimatstadt, schon immer so gute Noten in der Schule hatte. Ganz nahe, dort in Olmütz, hatte sogar einmal der Kaiser residiert. - -

Was knarrte und grunzte da? Bilder stiegen auf in ihren Vorstellungen, von Sagen, die ihr die Leute erzählt hatten. Kam sie doch in jedes Haus der Gegend: Von Streifing hieß es, nur dieser kleine Ort und der „Heilige Berg" wären stehen geblieben, ja ein ganzer Marktflecken wäre untergegangen - einst.

Fido lief. Als er eine Weile an jedem Baum schnuppernd bergab dahineilte, roch er schon das Holzfeuer aus den Rauchfängen und die Kühe im

Stall. Dann hörte er die Kirchturmuhr schlagen. Jetzt kannte er sich unwiderruflich aus. Nur bellen durfte man nicht auf der Straße und schon gar nicht heulen.

Würde das geliebte Herrli das hören, wenn man nur so vor sich hinbellte? Sicher nicht! Also alles gewagt und gründlich vor dem Haus geheult! Selbst wenn es daraufhin Schläge setzen sollte!

„Das ist doch der Fido!" sprangen sie von ihrem Nachtmahl auf. -

Die Stalllaterne brannte noch und von dem Eigenbau des Gastwirts fehlten nur wenige Schluck als die Leute kamen - von Fido angeführt -, welche die geschätzte Madame vor dem Erfrieren retteten.

Bisher erschienen:

Lach' a bisserl

Nicht alles kann man streicheln

Einfach Mensch sein

Märchen, heute?

Fünf vor zwölf

Heller als das Licht

Damals - Erinnerungen

Wege aus dem Alltag

Es ist ein gutes Land

Mit einem Augenzwinkern

Heimat einst und jetzt - Österreich

Kindheit - Glück und Tränen

Mensch und Tier - Begegnungen

Selbsterlebtes in Dur und Moll

... nicht nur für die Schublade

Licht und Schatten

Schreiben und andere Leidenschaften